家霊《かれい》

岡本かの子

ハルキ文庫

JN283935

角川春樹事務所

目次

家霊

老《ろう》妓《ぎ》抄《しょう》

平出園子《ひらいでそのこ》というのが老妓《ろうぎ》の本名だが、これは歌舞伎《かぶき》俳優《はいゆう》の戸籍名《こせきめい》のように当人の感じになずまないところがある。そうかといって職業上《しょくぎょうじょう》の名の小《こ》そのとだけでは、だんだん素人《しろうと》の素朴《そぼく》な気持ちに還《かえ》ろうとしている今日の彼女の気品《きひん》にそぐわない。

ここではただ何となく老妓といっておく方がよかろうと思う。

人々は真昼の百貨店《ひゃっかてん》でよく彼女を見かける。

目立たない洋髪《ようはつ》に結《むす》び、市楽《いちらく》＊1の着物を堅気風《かたぎふう》につけ、小女《こおんな》一人連れて、憂鬱《ゆううつ》な顔をして店内を歩き廻《まわ》る。恰幅《かっぷく》のよい長身に両手をだらりと垂《た》らし、投げ出して行くような足取りで、一つところを何度も廻り返す。そうかと思うと、紙凧《かみだこ》の糸のようにすっとのして行って、思いがけないような遠い売場に佇《たたず》む。彼女は真昼の寂《さび》しさ以外、何も意識していない。

こうやって自分を真昼の寂《さび》しさに憩《いこ》わしている、そのことさえも意識していない。ひょっと目星《めぼし》い品《しな》が視野《しや》から彼女を呼び覚ますと、彼女の青みがかった横長の眼《め》がゆったりと開いて、対象の品物を夢のなかの牡丹《ぼたん》のように眺《なが》める。唇《くちびる》が娘時代のように捲《まく》れ気味《ぎみ》に、片隅《かたすみ》へ寄るとそこに微笑《びしょう》が泛《うか》ぶ。また憂鬱《ゆううつ》に返る。

だが、彼女は職業《しょくぎょう》の場所に出て、好敵手《こうてきしゅ》が見つかると、はじめはちょっと呆《ほう》けたような表情をしたあとから、いくらでも快活に喋《しゃべ》り出す。

新喜楽《しんきらく》*2のまえの女将《おかみ》の生きていた時分に、この女将と彼女と、もう一人新橋《しんばし》のひさごあたりが一つ席に落ち合って、雑談《ざつだん》でも始めると、この社会人の耳には典型《てんけい》的と思われる、機智《きち》と飛躍《ひやく》に富《と》んだ会話が展開された。相当な年配《ねんぱい》の芸妓《げいぎ》たちまで「話しぶりを習おう」といって、客を捨《す》てて老女たちの周囲に集った。

彼女一人のときでも、気に入った若い同業の女のためには、経歴談をよく話した。

何も知らない雛妓《おしやく》時代に、座敷《ざしき》の客と先輩《せんぱい》との間に交わされる露骨《ろこつ》な話に笑い過ぎて畳《たたみ》の上に粗相《そそう》をしてしまい、座が立てなくなって泣き出してしまったことから始めて、囲《かこ》いもの時代に、情人《じょうじん》と逃げ出して、旦那《だんな》におふくろを人質《ひとじち》にとられた話や、もはや抱《かかえ》妓《つこ》の二人三人も置くような看板ぬしになってからも、内実の苦しみは、五円の現金を借りるために、横浜《よこはま》往復十二円の月末払いの俥《くるま》に乗って行ったことや、彼女は相手の若い妓《こ》たちを笑いでへとへとに疲らせずには措《お》かないまで、話の筋《すじ》は同じでも、趣向《しゅこう》は変えて、その迫《せま》り方は彼女に物《もの》の怪《け》がつき、われ知らずに魅惑《みわく》の爪《つめ》を相手の女に突き立てて行くように見える。若さを嫉妬《しっと》して、老いが狡猾《こうかつ》な方法で巧《たく》みに責《せ》め苛《さいな》んでいるようにさえ見える。

若い芸妓《げいぎ》たちは、とうとう髪を振り乱《みだ》して、両脇腹《りょうわきばら》を押さえ喘《あえ》いでいうのだった。

「姐《ねえ》さん、頼《たの》むからもうよしてよ。この上笑わせられたら死んでしまう」

老妓は、生きてる人のことは決して語らないが、故人《こじん》で馴染《なじみ》のあった人については一皮《ひとかわ》剝《む》いた彼女独特の観察《かんさつ》を語った。それらの人の中には思いがけない素人《しろうと》や芸人もあった。支那《しな》の名優《めいゆう》の梅蘭芳《メイランファン》＊3が帝国劇場《ていこくげきじょう》に出演しに来たとき、その肝煎《きもい》りをした某富豪《ぼうふごう》に向かって、老妓は「費用はいくらかかっても関《かま》いませんから、一度のおりをつくって欲しい」と頼《たの》み込んで、その富豪に宥《なだ》め返されたという話が、嘘《うそ》か本当か、彼女の逸話《いつわ》の一つになっている。

笑い苦しめられた芸妓《げいぎ》の一人が、その復讐《ふくしゅう》のつもりもあって

「姐《ねえ》さんは、そのとき、銀行の通帳を帯揚《おびあ》げから出して、お金ならこれだけありますと、その方《かた》に見せたというが、ほんとうですか」と訊《き》く。

すると、彼女は

「ばかばかしい。子供じゃあるまいし、帯揚げのなんのって……」

こどものようになって、ぷんぷん怒《おこ》るのである。その真偽《しんぎ》はとにかく、彼女からこういうぶな態度《たいど》を見たいためにも、若い女たちはしばしば訊《き》いた。

「だがね。おまえさんたち」と小そのは総《すべ》てを語ったのちにいう、「何人男を代えてもつづまるところ、たった一人の男を求めているに過ぎないのだね。いまこうやって思い出し

てみて、この男、あの男と部分部分に牽《ひ》かれるものの残っているところは、その求めている男の一部一部の切れはしなのだよ。だから、どれもこれも一人では永《なが》くは続かなかったのさ」

「そして、その求めている男というのは」と若い芸妓《げいぎ》たちは訊《き》き返すと

「それがはっきり判《わか》れば、苦労なんかしやしないやね」それは初恋《はつこい》の男のようでもあり、また、この先、見つかって来る男かも知れないのだと、彼女は日常生活の場合の憂鬱《ゆううつ》な美しさを生地《きじ》で出していった。

「そこへ行くと、堅気《かたぎ》さんの女は羨《うらや》ましいねえ。親がきめてくれる、生涯《しょうがい》ひとりの男を持って、何も迷《まよ》わずに子供を儲《もう》けて、その子供の世話《せわ》になって死んで行く」

ここまで聴《き》くと、若い芸妓《げいぎ》たちは、姐《ねえ》さんの話もいいがあとが人をくさらしていけないと評《ひょう》するのであった。

小《こ》そのが永年《ながねん》の辛苦《しんく》で一通りの財産も出来、座敷《ざしき》の勤《つと》めも自由な選択《せんたく》が許されるようになった十年ほど前から、何となく健康で常識的な生活を望《のぞ》むようになった。芸者屋《げいしゃや》をしている表店《おもてだな》と彼女の住まっている裏《うら》の蔵付《くらつ》きの座敷とは隔離《かくり》してしまって、しもたや風の

出入口を別に露地《ろじ》から表通りへつけるように造作《ぞうさく》したのも、その現れの一つであるし、遠《とお》縁《えん》の子供を貰《もら》って、養女《ようじょ》にして女学校《じょがっこう》へ通《かよ》わせたのもその現れの一つである。彼女の稽古《けいこ》事《ごと》が新時代的のものや知識的のものに移って行ったのも、あるいはまたその現れの一つといえるかも知れない。この物語を書き記《しる》す作者のもとへは、下町のある知人の紹介《しょうかい》で和歌を学びに来たのであるが、そのとき彼女はこういう意味のことをいった。

芸者というものは、調法《ちょうほう》ナイフのようなもので、これといって特別によく利《き》くこともいらないが、大概《たいがい》なことに間《ま》に合うものだけは持っていなければならない。どうかその程度に教えていただきたい。このごろは自分の年恰好《としかっこう》から、自然上品《じょうひんむ》向きのお客さんのお相手をすることが多くなったから。

作者は一年ほどこの母ほども年上の老女の技能《ぎのう》を試《こころ》みたが、和歌は無《な》い素質《そしつ》ではなかったが、むしろ俳句《はいく》に適《てき》する性格を持っているのが判《わか》ったので、やがて女流俳人《はいじん》の××女《じょ》に紹介《しょうかい》した。老妓はそれまでの指導《しどう》の礼だといって、出入りの職人《しょくにん》を作者の家へ寄越《よこ》して、中庭《なかにわ》に下町風の小さな池と噴水《ふんすい》を作ってくれた。

彼女が自分の母屋《おもや》を和洋折衷風《せっちゅうふう》に改築《かいちく》して、電化装置《でんかそうち》にしたのは、彼女が職業先の料《りょう》亭《てい》のそれを見て来て、負《ま》けず嫌《ぎら》いからの思い立ちに違いないが、設備してみて、彼女はこの文明の利器が現す働きには、健康的で神秘なものを感ずるのだった。

水を口から注《そそ》ぎ込むとたちまち湯になって栓口《せんくち》から出るギザー*4や、煙管《きせる》の先で圧《お》すと、すぐ種火《たねび》が点じて煙草《たばこ》に燃えつく電気莨盆《たばこぼん》や、それらを使いながら、彼女の心は新鮮《しんせん》に慄《ふる》えるのだった。

「まるで生きものだね、ふーむ、物事は万事《ばんじ》こういかなくっちゃ……」

その感じから想像に生まれて来る、端的《たんてき》で速力的な世界は、彼女に自分のして来た生涯《しょうがい》を顧《かえり》みさせた。

「あたしたちのして来たことは、まるで行灯《あんどん》をつけては消し、消してはつけるようなまどろい生涯だった」

彼女はメートル*5の費用の嵩《かさ》むのに少なからず辟易《へきえき》しながら、電気装置をいじるのを楽しみに、しばらくは毎朝こどものように早起きした。

電気の仕掛けはよく損《そん》じた。近所の蒔田《まきた》という電気器具商の主人が来て修繕《しゅうぜん》した。彼女はその修繕するところに付き纏《まと》って、珍《めずら》しそうに見ているうちに、彼女にいくらかの電気の知識が摂《と》り入れられた。

「陰《いん》の電気と陽《よう》の電気が合体すると、そこにいろいろの働きを起こして来る。ふーむ、こりゃ人間の相性《あいしょう》とそっくりだねえ」

彼女の文化に対する驚異《きょうい》はいっそう深くなった。

女だけの家では男手の欲しい出来事がしばしばあった。それで、この方面の支弁《しべん》*6も兼《か》ねて蒔田が出入りしていたが、あるとき、蒔田は一人の青年を伴《ともな》って来て、これから電気の方のことはこの男にやらせるといった。名前は柚木《ゆき》といった。快活で事もなげな青年で、家の中を見廻《みまわ》しながら

「芸者屋にしちゃあ、三味線《しゃみせん》がないなあ」などといった。たびたび来ているうち、その事もなげな様子と、それから人の気先を撥《は》ね返す颯爽《さっそう》とした若い気分が、いつの間にか老妓《ろうぎ》の手ごろな言葉仇《ことばがたき》となった。

「柚木君の仕事はチャチだね。一週間と保《も》った試《ため》しはないぜ」彼女はこんな言葉を使うようになった。

「そりゃそうさ、こんなつまらない仕事は、パッションが起こらないからねえ」

「パッションて何だい」

「パッションかい、ははは、そうさなあ、君たちの社会の言葉でいうなら、うん、そうだ、いろ気《け》が起こらないということだ」

ふと、老妓に自分の生涯《しょうがい》に憐《あわ》れみの心が起こった。パッションとやらが起こらずに、ほとんど生涯勤《つと》めて来た座敷《ざしき》の数々、相手の数々が思い泛《うか》べられた。

「ふむ、そうかい。じゃ、君、どういう仕事ならいろ気が起こるんだい」

青年は発明をして、専売特許《せんばいとっきょ》を取って、金を儲《もう》けることだといった。

「なら、早くそれをやればいいじゃないか」

柚木は老妓の顔を見上げたが
「やればいいじゃないかって、そう事が簡単に……（柚木はここで舌打ちをした）だから君たちは遊《あそ》び女《め》といわれるんだ」

「いやそうでないね。こういい出したからには、こっちに相談に乗ろうという腹があるからだよ。食べる方は引き受けるから、君、思う存分《ぞんぶん》にやってみちゃどうだね」

こうして、柚木は蒔田の店から、小そのが持っている家作《かさく》*7の一つに移った。老妓は柚木のいうままに家の一部を工房《こうぼう》に仕替《しか》え、多少の研究の機械類も買ってやった。


小さい時から苦学《くがく》をしてやっと電気学校を卒業はしたが、目的のある柚木《ゆき》は、体を縛《しば》られる勤人《つとめにん》になるのは避《さ》けて、ほとんど日傭取《ひようと》*8り同様の臨時《りんじ》雇《やと》いになり、市中《しちゅう》の電気器具店廻《まわ》りをしていたが、ふと蒔田《まきた》が同郷《どうきょう》の中学の先輩《せんぱい》で、その上世話《せわ》好《ず》きの男なのに絆《ほだ》され、しばらくその店務を手伝うことになって住み込んだ。だが蒔田の家には子供が多いし、こまごました仕事は次から次とあるし、辟易《へきえき》していた矢先だったのですぐに老妓《ろうぎ》の後援《こうえん》を受け入れた。しかし、彼はたいして有難《ありがた》いとは思わなかった。さんざんあぶく銭《ぜに》を男たちから絞《しぼ》って、好き放題《ほうだい》なことをした商売女が、年老いて良心への償《つぐな》いのため、誰《だれ》でもこんなことはしたいのだろう。こっちから恩恵を施《ほどこ》してやるのだという太々《ふてぶて》しい考えは持たないまでも、老妓の好意を負担には感じられなかった。生まれてはじめて、日々の糧《かて》の心配なく、専心《せんしん》に書物の中のことと、実験室の成績と突き合わせながら、使える部分を自分の工夫《くふう》の中へ鞣《なめ》し取って、世の中にないものを創《つく》り出して行こうとする静かで足取りの確かな生活は幸福だった。柚木は自分ながら壮軀《そうく》と思われる身体《からだ》に、麻布《あさぬの》のブルーズ*9を着て、頭を鏝《こて》で縮《ちぢ》らし、椅子《いす》に斜《なな》めに倚《よ》って、煙草《たばこ》を燻《く》ゆらしている自分の姿を、柱かけの鏡《かがみ》の中に見て、前とは別人のように思い、また若き発明家に相応《ふさわ》しいものに自分ながら思った。工房の外は廻《まわ》り縁《えん》になっていて、矩形《くけい》の細長い庭《にわ》には植木も少しはあった。彼は仕事に疲れると、この縁へ出て仰向《あおむ》けに寝転《ねころ》び、都会の少し淀《よど》んだ青空を眺《なが》めながら、いろいろの空想をまどろみの夢に移し入れた。

　小《こ》そのは四、五日目ごとに見舞《みま》って来た。ずらりと家の中を見廻《みまわ》して、暮らしに不自由そうな部分を憶《おぼ》えておいて、あとで自宅のものの誰《だれ》かに運ばせた。

「あんたは若い人にしちゃ世話《せわ》のかからない人だね。いつも家の中はきちんとしているし、よごれ物一つ溜《た》めてないね」

「そりゃそうさ。母親が早く亡《な》くなっちゃったから、あかんぼのうちから襁褓《おむつ》を自分で洗《せん》濯《たく》して、自分で当てがった」

老妓は「まさか」と笑ったが、悲しい顔付きになって、こういった。

「でも、男があんまり細《こま》かいことに気のつくのは偉《えら》くなれない性分《しょうぶん》じゃないのかい」

「僕《ぼく》だって、根からこんな性分でもなさそうだが、自然と慣《な》らされてしまったのだね。ちっとでも自分にだらしがないところが眼《め》につくと、自分で不安なのだ」

「何だか知らないが、欲しいものがあったら、遠慮《えんりょ》なくいくらでもそういいよ」

初午《はつうま》の日には稲荷鮨《いなりずし》など取り寄せて、母子のような寛《くつろ》ぎ方で食べたりした。

養女《ようじょ》のみち子の方は気紛《きまぐ》れであった。来はじめると毎日のように来て、柚木を遊び相手にしようとした。小さい時分から情事《じょうじ》を商品のように取り扱いつけているこの社会に育って、いくら養母《ようぼ》が遮断《しゃだん》したつもりでも、商品的の情事が心情に染《し》みないわけはなかった。早くからマセてしまって、しかも、それを形式だけに覚えてしまった。青春などは素通りしてしまって、心はこどものまま固まって、その上皮《じょうひ》にほんの一重《ひとえ》大人《おとな》の分別《ふんべつ》がついてしまった。柚木は遊び事には気が乗らなかった。興味《きょうみ》が弾《はず》まないままみち子は来るのが途《と》絶《だ》えて、久しくしてからまたのっそりと来る。自分の家で世《せ》話《わ》をしている人間に若い男が一人いる、遊びに行かなくちゃ損《そん》だというくらいの気持ちだった。老母が縁《えん》もゆかりもない人間を拾《ひろ》って来て、不服らしいところもあった。

みち子は柚木の膝《ひざ》の上へ無造作に腰をかけた。様式だけは完全な流眄《ながしめ》をして

「どのくらい目方《めかた》があるか量《はか》ってみてよ」

柚木は二、三度膝を上げ下げしたが

「結婚適齢期《てきれいき》にしちゃあ、情操《じょうそう》のカンカンが足りないね」

「そんなことはなくってよ、学校で操行点《そうこうてん》はAだったわよ」

みち子は柚木のいう情操という言葉の意味をわざと違えて取ったのか、本当に取り違えたものか――

柚木は衣服の上から娘の体格を探《さぐ》って行った。それは栄養不良の子供が一人前の女の嬌《きょう》態《たい》をする正体を発見したような、おかしみがあったので、彼はつい失笑《しっしょう》した。

「ずいぶん失礼ね」

「どうせあなたは偉《えら》いのよ」みち子は怒《おこ》って立ち上がった。

「まあ、せいぜい運動でもして、おっかさんくらいな体格になるんだね」

みち子はそれ以後なぜとも知らず、しきりに柚木に憎《にく》しみを持った。

半年ほどの間、柚木《ゆき》の幸福感は続いた。しかし、それから先、彼は何となくぼんやりして来た。目的の発明が空想されているうちは、確かに素晴らしく思ったが、実地に調べたり、研究する段になると、自分と同種の考案はすでにいくつも特許《とっきょ》されていてたとえ自分の工夫《くふう》の方がずっと進んでいるにしても、既許《ききょ》のものとの牴触《ていしょく》を避けるため、かなり模《も》様《よう》を変えねばならなくなった。その上こういう発明器が果たして社会に需要《じゅよう》されるものやらどうかも疑《うたが》われて来た。実際専門家から見ればいいものなのだが、一向《いっこう》社会に行われない結構な発明があるかと思えば、ちょっとした思い付きのもので、非常に当たることもある。発明にはスペキュレーション*10を伴《ともな》うということも、柚木はかねがね承知していることではあったが、その運びがこれほど思いどおり素直に行かないものだとは、実際にやり出してはじめて痛感するのだった。

　しかし、それよりも柚木にこの生活への熱意を失わしめた原因は、自分自身の気持ちに在《あ》った。前に人に使われて働いていた時分は、生活の心配を離《はな》れて、専心《せんしん》に工夫《くふう》に没頭《ぼっとう》したら、さぞ快《こころよ》いだろうという、その憧憬《しょうけい》から日々の雑役《ざつえき》も忍《しの》べていたのだが、その通りに朝夕を送れることになってみると、単調で苦渋《くじゅう》なものだった。ときどきあまり静かで、その上まったく誰《だれ》にも相談せず、自分一人だけの考えを突き進めている状態は、何だか見《けん》当違《とうちが》いなことをしているため、とんでもない方向へ外《そ》れていて、社会から自分一人が取り残されたのではないかという脅《おび》えさえしばしば起こった。

　金儲《かねもう》けということについても疑問が起こった。このごろのように暮らしに心配がなくなりほんの気晴らしに外へ出るにしても、映画を見て、酒場《さかば》へ寄って、微酔《びすい》を帯《お》びて、円《えん》タク*11に乗って帰るぐらいのことで充分すむ。その上そのくらいな費用なら、そういえば老妓《ろうぎ》は快くくれた。そしてそれだけで自分の慰楽《いらく》は充分満足だった。柚木は二、三度職業仲間に誘《さそ》われて、女道楽《おんなどうらく》をしたこともあるが、売りもの、買いもの以上に求める気は起こらず、それより、早く気儘《きまま》の出来る自分の家へ帰って、のびのびと自分の好みの床《とこ》に寝たい気がしきりに起こった。彼は遊びに行っても外泊は一度もしなかった。彼は寝具《しんぐ》だけは身分不相応のものを作っていて、羽根蒲団《ぶとん》など、自分で鳥屋から羽根を買って来て器用に拵《こしら》えていた。

　いくら探《さが》してみてもこれ以上の欲が自分に起こりそうもない、妙《みょう》に中和されてしまった自分を発見して柚木は心寒《こころざむ》くなった。

　これは、自分らの年ごろの青年にしては変態《へんたい》になったのではないかしらんとも考えた。

　それに引きかえ、あの老妓は何という女だろう。憂鬱《ゆううつ》な顔をしながら、根に判《わか》らない逞《たくま》しいものがあって、稽古《けいこ》ごと一つだって、次から次へと、未知のものを貪《むさぼ》り食って行こうとしている。常に満足と不満が交《かわ》る交《がわ》る彼女を押し進めている。

小《こ》そのがまた見廻《みまわ》りに来たときに、柚木はこんなことから訊《き》く話を持ち出した。

「フランスレビュウの大立者《おおだてもの》の女優《じょゆう》で、ミスタンゲット[*12]というのがあるがね」

「ああそんなら知ってるよ。レコードで……あの節廻《ふしまわ》しはたいしたもんだね」

「あのお婆《ばあ》さんは体じゅうの皺《しわ》を足の裏《うら》へ、括《くく》って溜《た》めているという評判《ひょうばん》だが、あんたなんかまだその必要はなさそうだなあ」

老妓の眼《め》はぎろりと光ったが、すぐ微笑《びしょう》して
「あたしかい、さあ、もうだいぶ年越しの豆の数も殖《ふ》えたから、前のようには行くまいが、まあ試《ため》しに」といって、老妓は左の腕の袖口《そでぐち》を捲《まく》って柚木の前に突き出した。

「あんたがだね。ここの腕の皮を親指と人差し指で力一ぱい抓《つね》って圧《おさ》えててごらん」

柚木はいう通りにしてみた。柚木にそうさせておいてから、老妓はその反対側の腕の皮《ひ》膚《ふ》を自分の右の二本の指で抓《つね》って引くと、柚木の指に挟《はさ》まっていた皮膚はじいわり滑《すべ》り抜《ぬ》けて、もとの腕の形に納《おさ》まるのである。もう一度柚木は力を籠《こ》めて試してみたが、老妓にひかれると滑り去って抓り止めていられなかった。鰻《うなぎ》の腹のような靭《つよ》い滑《なめ》らかさと、羊皮《ようひ》紙《し》のような神秘な白い色とが、柚木の感覚にいつまでも残った。

「気持ちの悪い……。だが、驚いたなあ」

老妓は腕に指痕《ゆびあと》の血の気《け》がさしたのを、縮緬《ちりめん》の襦袢《じゅばん》の袖《そで》で擦《こす》り散らしてから、腕を納め

ていった。

「小さいときから、打ったり叩《たた》かれたりして踊《おど》りで鍛《きた》えられたお蔭《かげ》だよ」

だが、彼女はその幼年時代の苦労を思い起こして、暗澹《あんたん》とした顔つきになった。

「おまえさんは、このごろ、どうかおしかえ」

と老妓はしばらく柚木をじろじろ見ながらいった。

「いいえさ、勉強しろとか、早く成功しろとか、そんなことをいうんじゃないよ。まあ、魚にしたら、いきが悪くなったように思えるんだが、どうかね。自分のことだけだって考え剰《あま》っているはずの若い年ごろの男が、年寄りの女に向かって年齢のことを気遣《きづか》うのなども、もう皮肉《ひにく》に気持ちがこずんで来た証拠《しょうこ》だね」

柚木は洞察《どうさつ》の鋭《するど》さに舌を巻きながら、正直に白状した。

「駄目《だめ》だな、僕《ぼく》は、何も世の中にいろ気《け》がなくなったよ。いや、ひょっとしたら始めからない生まれつきだったかも知れない」

「そんなこともなかろうが、しかし、もしそうだったら困ったものだね。君は見違えるほど体など肥《ふと》って来たようだがね」

事実、柚木はもとよりいい体格の青年が、ふーと膨《ふく》れるように脂肪《しぼう》がついて、坊《ぼっ》ちゃんらしくなり、茶色の瞳《ひとみ》の眼《め》の上瞼《うわまぶた》の腫《は》れ具合や、顎《あご》が二重に括《くび》れて来たところに艶《つや》めいたいろさえつけていた。

「うん、体はとてもいい状態で、ただこうやっているだけで、とろとろしたいい気持ちで、よっぽど気を張り詰めていないと、気にかけなくちゃならないこともすぐ忘れているんだ。それだけ、また、ふだん、いつも不安なのだよ。生まれてこんなことはじめてだ」

「麦《むぎ》とろの食べ過ぎかね」老妓は柚木がよく近所の麦飯《むぎめし》ととろろを看板にしている店から、それを取り寄せて食べるのを知っているものだから、こうまぜっかえしたが、すぐ真面目《まじめ》になり「そんなときは、何でもいいから苦労の種を見付けるんだね。苦労もほどほどの分量にゃ持ち合わせているもんだよ」

　それから二、三日経《た》って、老妓《ろうぎ》は柚木《ゆき》を外出に誘《さそ》った。連れにはみち子と老妓の家の抱《かか》えでない柚木の見知らぬ若い芸妓《げいぎ》が二人いた。若い芸妓たちは、ちょっとした盛装《せいそう》をしていて、老妓に
「姐《ねえ》さん、今日《きょう》はありがとう」と丁寧《ていねい》に礼をいった。
　老妓は柚木に
「今日は君の退屈《たいくつ》の慰労会《いろうかい》をするつもりで、これらの芸妓《げいぎ》たちにも、ちゃんと遠出《とおで》の費用

を払ってあるのだ」といった。「だから、君は旦那《だんな》になったつもりで、遠慮《えんりょ》なく愉快《ゆかい》をすればいい」

なるほど、二人の若い芸妓《げいぎ》たちは、よく働いた。竹屋《たけや》の渡《わた》*13しを渡し船に乗るときには年下の方が柚木に「おにいさん、ちょっと手を取ってくださいな」といった。そして船の中へ移るとき、わざとよろけて柚木の背を抱《かか》えるようにして摑《つか》まった。柚木の鼻に香油《こうゆ》の匂《にお》いがして、胸の前に後襟《うしろえり》の赤い裏《うら》から肥《ふと》った白い首がむっくり抜き出て、ぼんの窪《くぼ》の髪の生《は》え際《ぎわ》が、青く霞《かす》めるところまで、突きつけたように見せた。顔は少し横向きになっていたので、厚く白粉《おしろい》をつけて、白いエナメルほど照りを持つ頬《ほお》から中高の鼻が彫刻のようにはっきり見えた。

老妓は船の中の仕切りに腰かけていて、帯の間から煙草入《たばこい》れとライターを取り出しかけながら

「いい景色《けしき》だね」といった。

円タクに乗ったり、歩いたりして、一行《いっこう》は荒川放水路《あらかわほうすいろ》の水に近い初夏の景色を見て廻《まわ》った。工場が殖《ふ》え、会社の社宅が建《た》ち並《なら》んだが、むかしの鐘ケ淵《かねがふち》や、綾瀬《あやせ》の面《おも》かげは石炭《せきたん》殻《がら》*14の地面の間に、ほんの切《き》れ端《はし》になってところどころに残っていた。綾瀬川の名物の合歓《ねむ》の木は少しばかり残り、対岸の蘆洲《あしず》の上に船大工《ふなだいく》だけ今もいた。

「あたしが向島《むこうじま》の寮《りょう》に囲《かこ》われていた時分、旦那《だんな》がとても嫉妬家《やきもちやき》でね、この界隈《かいわい》から外へは決して出してくれない。それであたしはこの辺を散歩するといって寮を出るし、男はまた鯉釣《こいづ》りに化《ば》けて、この土手下の合歓《ねむ》の並木《なみき》の陰《かげ》に船を繋《もや》って、そこでいまいうランデヴウをしたものさね」

　夕方になって合歓《ねむ》の花がつぼみかかり、船大工の槌《つち》の音がいつの間にか消えると、青白い河靄《かわもや》がうっすり漂《ただよ》う。

「私たちは一度心中《しんじゅう》の相談をしたことがあったのさ。なにしろ舷《ふなばた》一つ跨《また》げば事が済むことなのだから、ちょっと危《あぶ》なかった」

「どうしてそれを思い止《とど》まったのか」と柚木は、思い詰めた若い男女を想像しながら訊《き》いた。

「いつ死のうかと逢《あ》うたびごとに相談しながら、のびのびになっているうちに、ある日川の向こうに心中態《しんじゅうてい》の土左衛門《どざえもん》が流れて来たのだよ。人だかりの間からつくづく眺《なが》めて来て男はいったのさ。心中ってものも、あれはざまの悪いものだ、やめようって」

「あたしは死んでしまったら、この男にはよかろうが、あとに残る旦那《だんな》が可哀想《かわいそう》だという気がして来てね。どんな身の毛のよだつような男にしろ、嫉妬《やきもち》をあれほど妬《や》かれるとあとに心が残るものさ」

若い芸妓《げいぎ》たちは「姐《ねえ》さんの時代ののんきな話を聴《き》いていると、私たちきょう日《び》の働き方がつくづくがつがつにおもえて、いやんなっちゃう」といった。

すると老妓は「いや、そうでないねえ」と手を振った。「このごろはこのごろでいいところがあるよ。それにこのごろは何でも話が手っ取り早くて、まるで電気のようでさ、そしていろいろの手があって面白《おもしろ》いじゃないか」

そういう言葉に執《と》り成《な》されたあとで、年下の芸妓《げいぎ》を主《おも》に年上の芸妓が介添《かいぞ》えになって、しきりに艶《なま》めかしく柚木を取り持った。

みち子はというと何か非常に動揺《どうよう》させられているように見えた。

はじめは軽蔑《けいべつ》した超然とした態度《たいど》で、一人離《はな》れて、携帯《けいたい》のライカで景色《けしき》など撮《うつ》していたが、にわかに柚木に慣《な》れ慣《な》れしくして、柚木の歓心《かんしん》を得ることにかけて、芸妓たちに勝ち越そうとする態度を露骨《ろこつ》に見せたりした。

そういう場合、未成熟《なま》の娘の心身から、利《き》かん気《き》を僅《わず》かに絞《しぼ》り出す、病鶏《びょうけい》のささ身ほどの肉感的な匂《にお》いが、柚木には妙《みょう》に感覚にこたえて、思わず肺の底へ息を吸わした。だが、それは刹那《せつな》的のものだった。心に打ち込むものはなかった。

若い芸妓《げいぎ》たちは、娘の挑戦《ちょうせん》を快《こころよ》くは思わなかったらしいが、大姐《おおねえ》さんの養女《ようじょ》のことではあり、自分達は職業的に来ているのだから、無理な骨折りを避《さ》けて、娘が努《つと》めるうちは媚びを差し控え、娘の手が緩むと、またサーヴィスする。みち子にはそれが自分の菓子の上にたかる蠅《はえ》のようにうるさかった。

何となくその不満の気持ちを晴らすらしく、みち子は老妓に当たったりした。

老妓はすべてをたいして気にかけず、悠々《ゆうゆう》と土手でカナリヤの餌《え》のはこべを摘《つ》んだり

菖蒲園《しょうぶえん》できぬかつぎを肴《さかな》にビールを飲んだりした。

夕暮《ゆうぐれ》になって、一行《いっこう》が水神《すいじん》の八百松《やおまつ》へ晩餐《ばんさん》をとりに入ろうとすると、みち子は、柚木をじろりと眺《なが》めて

「あたし、和食のごはんたくさん、一人で家に帰る」といい出した。芸妓《げいぎ》たちが驚いて、ではは送ろうというと、老妓は笑って

「自動車に乗せてやれば、何でもないよ」といって通りがかりの車を呼び止めた。

自動車の後ろ姿を見て老妓はいった。

「あの子も、おつな真似《まね》をすることを、ちょんぼり覚えたね」

柚木《ゆき》にはだんだん老妓《ろうぎ》のすることが判《わか》らなくなった。むかしの男たちへの罪滅《つみほろ》ぼしのために若いものの世話《せわ》でもして気を取り直すつもりかと思っていたが、そうでもない。近ご

ろこの界隈《かいわい》に噂《うわさ》が立ちかけて来た、老妓の若い燕《つばめ》というそんな気配《けはい》はもちろん、老妓は自分に対して現わさない。

何で一人前の男をこんな放胆《ほうたん》な飼《か》い方をするのだろう。柚木は近ごろ工房《こうぼう》へは少しも入らず、発明の工夫《くふう》も断念した形になっている。そして、そのことを老妓はとくに知っているくせに、それについては一言もいわないだけに、いよいよパトロンの目的が疑《うたが》われて来た。縁側《えんがわ》に向いている硝子窓《ガラスまど》から、工房の中が見えるのを、なるべく眼《め》を外《そ》らして、縁側に出て仰向《あおむ》けに寝転《ねころ》ぶ。夏近くなって庭《にわ》の古木《こぼく》は青葉を一せいにつけ、池を埋《う》めた渚《なぎさ》の残り石から、いちはつやつつじの花が虻《あぶ》を呼んでいる。空は凝《こご》って青く澄《す》み、大陸のような雲が少し雨気《あまけ》で色を濁《にご》しながらゆるゆる移って行く。隣《となり》の乾物《ほしもの》の陰《かげ》に桐《きり》の花が咲いている。

柚木は過去にいろいろの家に仕事のために出入りして、醤油樽《しょうゆだる》の黴臭《かびくさ》い戸棚《とだな》の隅《すみ》に首を突っ込んで窮屈《きゅうくつ》な仕事をしたことや、主婦や女中に昼の煮物《にもの》を分けてもらって弁当を使ったことや、そのころは嫌《いや》だったことが今ではむしろなつかしく想《おも》い出される。蒔田《まきた》の狭《せま》い二階で、注文先からの設計《せっけい》の予算表を造っていると、子供が代わるがわる来て、頸筋《くびすじ》が赤く腫《は》れるほど取りついた。小さい口から嘗《な》めかけの飴玉《あめだま》を取り出して、涎《よだれ》の糸をひいたまま自分の口に押し込んだりした。

彼は自分は発明なんて大それたことより、普通の生活が欲しいのではないかと考え始めたりした。ふと、みち子のことが頭に上った。老妓は高いところから何も知らない顔をして、鷹揚《おうよう》に見ているが、実は出来ることなら自分をみち子の婿《むこ》にでもして、ゆくゆく老後の面倒《めんどう》でも見てもらおうとの腹であるのかも知れない。だがまたそうとばかり判断もしきれない。あの気嵩《きがさ》*15な老妓がそんなしみったれた計画で、ひとに好意をするのでないことも判《わか》る。

みち子を考える時、形式だけは十二分に整《ととの》っていて、中味は実《み》が入らずじまいになった娘、柚木はみなし茹《ゆ》で栗《ぐり》の水っぽくぺちゃぺちゃな中身を連想して苦笑《くしょう》したが、このごろみち子が自分に憎《にく》しみのようなものや、反感を持ちながら、妙《みょう》に粘《ねば》って来る態度《たいど》が心にとまった。

彼女のこのごろの来方《きかた》は気紛《きまぐ》れでなく、一日か二日おきくらいな定期的なものになった。

みち子は裏口《うらぐち》から入って来た。彼女は茶の間《ちゃま》の四畳半《よじょうはん》と工房《こうぼう》が座敷《ざしき》の中に仕切って拵《こしら》えてある十二畳の客座敷との襖《ふすま》を開けると、そこの敷居《しきい》の上に立った。片手を柱に凭《もた》せ体を少し捻《ひね》って嬌態《きょうたい》を見せ、片手を拡《ひろ》げた袖《そで》の下に入れて、写真を撮《と》るときのようなポーズを作った。俯向《うつむ》き加減《かげん》に眼《め》を不機嫌《ふきげん》らしく額越《ひたいご》しに覗《のぞ》かして、

「あたし来てよ」といった。

縁側《えんがわ》に寝ている柚木はただ「うん」といっただけだった。

みち子はもう一度同じことをいってみたが、同じような返事だったので、本当に腹を立て
「何て不精《ぶしょう》たらしい返事なんだろう、もう二度と来てやらないから」といった。
「しようのない我儘娘《わがままむすめ》だな」といって、柚木は上体を起き上がらせつつ、足を胡坐《あぐら》に組みながら
「ほほう、今日は日本髪か」とじろじろ眺《なが》めた。
「知らない」といって、みち子はくるりと後ろ向きになって着物の背筋に拗《す》ねた線を作った。柚木は、華《はな》やかな帯の結《むす》び目《め》の上はすぐ、突襟《つきえり》のうしろ口になり、頸《くび》の付根を真っ白く富士形《ふじがた》に覗《のぞ》かせて誇張《こちょう》した媚態《びたい》を示す物々しさにくらべて、帯の下の腰つきから裾《すそ》は、一本花のように急に削《そ》げていて味もそっけもない少女のままなのを異様《いよう》に眺めながら、この娘が自分の妻になって、何事も自分に気を許《ゆる》し、何事も自分に頼《たよ》りながら、こうるさく世話《せわ》を焼く間柄《あいだがら》になった場合を想像した。それでは自分の一生も案外《あんがい》こぢんまりした平《へい》凡《ぼん》に規定《きてい》されてしまう寂寞《せきばく》の感じはあったが、しかし、また何かそうなってみての上のことでなければ判《わか》らない不明な珍《めずら》しい未来の想像が、現在の自分の心情を牽《ひ》きつけた。
柚木は額《ひたい》を小さく見せるまでたわわに前髪や鬢《びん》を張り出した中に整《ととの》い過ぎたほど型通りの美しい娘に化粧《けしょう》したみち子の小さい顔に、もっと自分を夢中《むちゅう》にさせる魅力《みりょく》を見出《みいだ》したく

なった。

「もう一ぺんこっちを向いてごらんよ、とても似合うから」

みち子は右肩を一つ揺《ゆ》すったが、すぐくるりと向き直って、ちょっと手を胸と鬢《びん》へやって掻《か》い繕《つくろ》った。「うるさいのね、さあ、これでいいの」彼女は柚木が本気に自分を見入《みい》っているのに満足しながら、薬玉《くすだま》の簪《かんざし》の垂《た》れをピラピラさせていった。

「ご馳走《ちそう》を持って来てやったのよ。当ててごらんなさい」

柚木はこんな小娘に嬲《なぶ》られる甘さが自分に見透《みす》かされたのかと、心外《しんがい》に思いながら「当てるの面倒臭《めんどうくさ》い。持って来たのなら、早く出したまえ」といった。

みち子は柚木の権柄《けんぺい》ずくにたちまち反抗心を起こして「人が親切に持って来てやったのを、そんなに威張《いば》るのなら、もうやらないわよ」と横向きになった。

「出せ」といって柚木は立ち上がった。彼は自分でも、自分が今、しかかる素振《そぶ》りに驚きつつ、彼は権威者《けんいしゃ》のように「出せといったら、出さないか」と体を嵩張《かさば》らせて、のそのそとみち子に向かって行った。

自分の一生を小さい陥穽《かんせい》に嵌《は》め込んでしまう危険と、何か不明の牽引力《けんいんりょく》のために、危険と判《わか》りきったものへ好《この》んで身を挺《てい》して行く絶体絶命の気持ちとが、生まれてはじめての極度《きょくど》の緊張感《きんちょうかん》を彼から抽《ひ》き出した。自己嫌悪《じこけんお》に打ち負かされまいと思って、彼の額《ひたい》から脂汗《あぶらあせ》がたらたらと流れた。

　みち子はその行動をまだ彼の冗談《じょうだん》半分の権柄《けんぺい》ずくの続きかと思って、ふざけて軽蔑《けいべつ》するように眺《なが》めていたが、だいぶ模様《もよう》が違うので途中《とちゅう》から急に恐ろしくなった。

　彼女はやや茶《ちゃ》の間《ま》の方へ退《すさ》りながら
「誰《だれ》が出すもんか」と小さく呟《つぶや》いていたが、柚木が彼女の眼《め》を火の出るように見つめながら、徐々《じょじょ》に懐中《かいちゅう》から一つずつ手を出して彼女の肩にかけると、恐怖のあまり「あっ」と二度ほど小さく叫び、彼女の何の修装《しゅうそう》もない生地《きじ》の顔が感情を露出《ろしゅつ》して、眼鼻《めはな》や口がばらばらに配置された。「出したまえ」「早く出せ」その言葉の意味は空虚《くうきょ》で、柚木の腕から太い戦慄《せんりつ》が伝って来た。柚木の大きい咽喉仏《のどぼとけ》がゆっくり生唾《なまつば》を飲むのが感じられた。

　彼女は眼を裂《さ》けるように見開いて「ごめんなさい」と泣き声になっていったが、柚木はまるで感電者のように、顔を痴呆《ちほう》にして、鈍《にぶ》く蒼《あお》ざめ、眼をもとのように据《す》えたままただ戦慄《せんりつ》だけをいよいよ激《はげ》しく両手からみち子の体に伝えていた。

　みち子はついに何ものかを柚木から読み取った。普段「男は案外臆病《あんがいおくびょう》なものだ」と養《よう》母《ぼ》の言った言葉がふと思い出された。

　立派《りっぱ》な一人前の男が、そんなことで臆病と戦っているのかと思うと、彼女は柚木が人のよい大きい家畜《かちく》のように可愛《かわ》ゆく思えて来た。

彼女はばらばらになった顔の道具をたちまちまとめて、愛嬌《あいきょう》したたるような媚《こ》びの笑《え》顔《がお》に造り直した。

「ばか、そんなにしないだって、ご馳走《ちそう》あげるわよ」

柚木の額《ひたい》の汗を掌《てのひら》でしゅっと払い捨《す》ててやり
「こっちにあるから、いらっしゃいよ。さあね」

ふと鳴って通った庭樹《ていじゅ》の青嵐《あおあらし》を振り返ってから、柚木のがっしりした腕を把《と》った。


さみだれが煙《けむ》るように降る夕方、老妓《ろうぎ》は傘《かさ》をさして、玄関横の柴折戸《しおりど》から庭《にわ》へ入って来た。渋《しぶ》い座敷《ざしき》着を着て、座敷へ上がってから、褄《つま》を下ろして坐《すわ》った。

「お座敷の出がけだが、ちょっとあんたにいっとくことがあるので寄ったんだがね」

莨入《たばこい》れを出して、煙管《きせる》で煙草盆《たばこぼん》代わりの西洋皿を引き寄せて
「このごろ、うちのみち子がしょっちゅう来るようだが、なに、それについて、とやかくいうんじゃないがね」

若い者同志のことだから、もしやということも彼女はいった。

「そのもしやもだね」

本当に性《しょう》が合って、心の底から惚《ほ》れ合うというのなら、それは自分も大賛成なのである。

「けれども、もし、お互いが切れっぱしだけの惚れ合い方で、ただ何かの拍子《ひょうし》で出来合うということでもあるなら、そんなことは世間にいくらもあるし、つまらない。必ずしもみち子を相手取《あいてど》るにも当たるまい。私自身も永《なが》い一生そんなことばかりで苦労して来た。それなら何度やっても同じことなのだ」

仕事であれ、男女の間柄《あいだがら》であれ、混《ま》じり気《け》のない没頭《ぼっとう》した一途《いちず》な姿を見たいと思う。

私はそういうものを身近に見て、素直に死にたいと思う。

「何も急《いそ》いだり、焦《あせ》ったりすることはいらないから、仕事なり恋《こい》なり、無駄《むだ》をせず、一揆《いっき》で心残りないものを射止《いと》めて欲しい」といった。

柚木は「そんな純粋《じゅんすい》なことは今どき出来もしなけりゃ、在《あ》るものでもない」と磊落《らいらく》に笑った。

老妓も笑って

「いつの時代だって、心懸《こころが》けなきゃ滅多《めった》にないさ。だから、ゆっくり構《かま》えて、まあ、好きなら麦《むぎ》とろでも食べて、運の籤《くじ》の性質をよく見定めなさいというのさ。幸《さいわ》い体がいいからね。根気《こんき》も続きそうだ」

車が迎《むか》えに来て、老妓は出て行った。

柚木《ゆき》はその晩ふらふらと旅に出た。

老妓《ろうぎ》の意志はかなり判《わか》って来た。それは彼女に出来なかったことを自分にさせようとしているのだ。しかし、彼女が彼女に出来なくて自分にさせようとしていることなぞは、彼女とて自分とて、またいかに運の籤《くじ》のよきものを抽《ひ》いた人間とて、現実では出来ない相談のものなのではあるまいか。現実というものは、切《き》れ端《はし》は与えるが、全部はいつも眼《め》の前にちらつかせて次々と人間を釣《つ》って行くものではなかろうか。

自分はいつでも、そのことについては諦《あきら》めることが出来る。しかし彼女は諦めということを知らない。その点彼女に不敏《ふびん》なところがあるようだ。だがある場合には不敏なものの方に強みがある。

たいへんな老女がいたものだ、と柚木は驚いた。何だか甲羅《こうら》を経《へ》て化《ば》けかかっているようにも思われた。悲壮《ひそう》な感じにも衝《う》たれたが、また、自分が無謀《むぼう》なその企《くわだ》てに捲《ま》き込まれる嫌《いや》な気持ちもあった。出来ることなら老女が自分を乗せかけている果《はて》しも知らぬエスカレーターから免《まぬが》れて、つんもりした手製の羽根蒲団《ぶとん》のような生活の中に潜《もぐ》り込みたいものだと思った。彼はそういう考えを裁《さば》くために、東京から汽車で二時間ほどで行ける海岸の旅館へ来た。そこは蒔田《まきた》の兄が経営している旅館で、蒔田に頼《たの》まれて電気装置《そうち》を見廻《みまわ》りに来てやったことがある。広い海を控《ひか》え雲の往来《おうらい》の絶《た》え間《ま》ない山があった。こういう自然の間に静思《せいし》して考えを纏《まと》めようということなど、彼には今までについぞなかったことだ。

体のよいためか、ここへ来ると、新鮮《しんせん》な魚はうまく、潮《しお》を浴《あ》びることは快《こころよ》かった。しきりに哄笑《こうしょう》が内部から湧《わ》き上がって来た。

第一にそういう無限な憧憬《しょうけい》にひかれている老女がそれを意識しないで、刻々《こくこく》のちまちました生活をしているのがおかしかった。それからある種の動物は、ただその周囲の地上に圏《けん》の筋《すじ》をひかれただけで、それを越し得ないというそれのように、柚木はここへ来ても老妓の雰囲気《ふんいき》から脱《だつ》し得られない自分がおかしかった。その中に籠《こ》められているときは重《おも》苦《くる》しく退屈《たいくつ》だが、離《はな》れるとなると寂《さび》しくなる。それゆえに、自然と探《さが》し出してもらいたい底心《そこごころ》の上に、判《わか》りやすい旅先を選んで脱走の形式を採《と》っている自分の現状がおかしかった。

みち子との関係もおかしかった。何が何やら判らないで、一度稲妻《いなずま》のように掠《かす》れ合った。滞在《たいざい》一週間ほどすると、電気器具店の蒔田が、老妓から頼《たの》まれて、金を持って迎《むか》えに来た。蒔田は「面白《おもしろ》くないこともあるだろう。早く収入の道を講《こう》じて独立するんだね」といった。

柚木は連れられて帰った。しかし、彼はこの後、たびたび出奔癖《しゅっぽんへき》がついた。

「おっかさんまた柚木《ゆき》さんが逃げ出してよ」

運動服を着た養女《ようじょ》のみち子が、蔵《くら》の入口に立ってそういった。自分の感情はそっちのけに、養母が動揺《どうよう》するのを気味《きみ》よしとする皮肉《ひにく》なところがあった。「ゆんべもおといの晩も自分の家へ帰って来ませんとさ」

新日本音楽の先生の帰ったあと、稽古場《けいこば》にしている土蔵《どぞう》の中の畳敷《たたみじ》きのこぢんまりした部屋《へや》になおひとり残って、復習直《さらいなお》しをしていた老妓《ろうぎ》は、三味線《しゃみせん》をすぐ下に置くと、内心口惜《くや》しさが漲《みなぎ》りかけるのを気にも見せず、けろりとした顔を養女に向けた。

「あの男。また、お決まりの癖《へき》が出たね」

長煙管《ながぎせる》で煙草《たばこ》を一ぷく喫《す》って、左の手で袖口《そでぐち》を摑《つか》み展《ひら》き、着ている大島《おおしま》の男縞《おとこじま》が似合うか似合わないか検《ため》してみる様子をしたのち

「うっちゃっておおき、そうそうはこっちも甘くなってはいられないんだから」

そして膝《ひざ》の灰をぽんぽんぽんと叩《たた》いて、楽譜《がくふ》をゆっくりしまいかけた。いきり立ちでもするかと思った期待を外《はず》された養母の態度《たいど》にみち子はつまらないという顔をして、ラケットを持って近所のコートへ出かけて行った。すぐそのあとで老妓は電気器具屋に電話をか

け、いつも通り蒔田に柚木の探索《たんさく》を依頼《いらい》した。遠慮《えんりょ》のない相手に向かって放《はな》つその声には自分が世話《せわ》をしている青年の手前勝手《てまえかって》を詰《なじ》る激《はげ》しい鋭《するど》さが、発声口から聴話器《ちょうわき》を握《にぎ》っている自分の手に伝わるまでに響《ひび》いたが、彼女の心の中は不安な脅《おび》えがやや情緒《じょうちょ》的に醱酵《はっこう》して寂《さび》しさの微醺《ほろよい》のようなものになって、精神を活潑《かっぱつ》にしていた。電話器から離《はな》れると彼女は

「やっぱり若い者は元気があるね。そうなくちゃ」呟《つぶや》きながら眼《め》がしらにちょっと袖口を当てた。彼女は柚木が逃げるたびに、柚木に尊敬《そんけい》の念を持って来た。だがまた彼女は、柚木がもし帰って来なくなったらと想像すると、毎度のことながら取り返しのつかない気がするのである。

　真夏のころ、すでに××女《じょ》に紹介《しょうかい》して俳句を習っているはずの老妓からこの物語の作者に珍《めずら》しく、和歌の添削《てんさく》の詠草《えいそう》*16が届《とど》いた。作者はそのとき偶然老妓が以前、和歌の指導《しどう》の礼に作者に拵《こしら》えてくれた中庭《なかにわ》の池の噴水《ふんすい》を眺《なが》める縁側《えんがわ》で食後の涼《りょう》を納《い》れていたので、そこで取次《とりつ》ぎから詠草を受け取って、池の水音を聴《き》きながら、非常な好奇心をもって久しぶりの老妓の詠草を調べてみた。その中に最近の老妓の心境《しんきょう》が窺《うかが》える一首《いっしゅ》があるので紹介す

る。もっとも原作に多少の改削《かいさく》を加えたのは、師弟《してい》の作法というより、読む人への意味の疏通《そつう》をより良くするためにほかならない。それはわずかに修辞上《しゅうじじょう》の箇所《かしょ》にとどまって、内容は原作を傷《きず》つけないことを保証する。

年々にわが悲しみは深くして
いよよ華《はな》やぐいのちなりけり

（一九三八年十一月）

鮨《すし》

東京の下町と山の手の境《さか》い目《め》といったような、ひどく坂や崖《がけ》の多い街がある。
表通りの繁華《はんか》から折れ曲がって来たものには、別天地《べってんち》の感じを与える。
つまり表通りや新道路の繁華な刺戟《しげき》に疲れた人々が、時々、刺戟をはずして気分を転換《てんかん》するために紛《まぎ》れ込むようなちょっとした街筋《まちすじ》——

福《ふく》ずしの店のあるところは、この町でも一ばん低まったところで、二階建ての銅張《どうば》りの店構《みせがま》えは、三、四年前表だけを造作《ぞうさく》したもので、裏《うら》の方は崖《がけ》に支えられている柱の足を根つぎして古い住宅のままを使っている。

古くからある普通の鮨屋《すしや》だが、商売不振《ふしん》で、先代の持主は看板ごと家作《かさく》をともよの両親に譲《ゆず》って、店もだんだん行き立って来た。

新しい福ずしの主人は、もともと東京で屈指《くっし》の鮨店で腕を仕込んだ職人《しょくにん》だけに、周囲の状況《じょうきょう》を察して、鮨の品質を上げて行くに造作《ぞうさ》もなかった。前にはほとんど出まえだったが、新しい主人になってからは、鮨盤《すしばん》の前や土間《どま》に腰かける客が多くなったので、始めは、主人夫婦と女の子のともよ三人きりの暮らしであったが、やがて職人を入れ、子供と女中を使わないでは間に合わなくなった。

店へ来る客は十人十《と》いろだが、全体については共通するものがあった。

後からも前からもぎりぎりに生活の現実に詰め寄られている、その間をぽっとはずして気分を転換したい。

一つ一つ我がままがきいて、ちんまりした贅沢《ぜいたく》ができて、そして、ここへ来ている間は、くだらなくばかになれる。好《この》みの程度に自分から裸《はだか》になれたり、仮装《かそう》したり出来る。たとえ、そこで、どんな安ちょくなことをしてもいっても、誰《だれ》も軽蔑《けいべつ》するものがない。お互いに現実から隠《かく》れんぼうをしているような者同志の一種の親しさ、そして、かばい合うような懇《ねんご》ろな眼《まな》ざしで鮨をつまむ手つきや茶を呑《の》む様子を視合《みあ》ったりする。かとおもうとまたそれは人間というより木石《ぼくせき》のごとく、はたの神経とはまったく無交渉《むこうしょう》な様子で黙々《もくもく》といくつかの鮨をつまんで、さっさと帰って行く客もある。

鮨というものの生む甲斐甲斐《かいがい》しいまめやかな雰囲気《ふんいき》、そこへ人がいくら耽《ふけ》り込んでも、擾《みだ》れるようなことはない。万事《ばんじ》が手軽くこだわりなく行き過ぎてしまう。

福ずしへ来る客の常連は、元狩猟銃器店《しゅりょうじゅうきてん》の主人、デパート外客廻《がいきゃくまわ》り係長、歯科医師、畳屋《たたみや》の伜《せがれ》、電話のブローカー、石膏模型《せっこうもけい》の技術家、児童用品の売込人、兎肉《うさぎにく》販売の勧誘《かんゆう》員《いん》、証券商会をやったことのあった隠居《いんきょ》――このほかにこの町の近くのどこかに棲《す》んでいるに違いない劇場《げきじょう》関係の芸人で、劇場がひまな時は、何か内職《ないしょく》をするらしく、脂《あぶら》づいたような絹《きぬ》ものをぞろりと着て、青白い手で鮨を器用につまんで食べて行く男もある。常連で、この界隈《かいわい》に住んでいる暇《ひま》のある連中《れんちゅう》は散髪《さんぱつ》のついでに寄って行くし、遠くからこの付近へ用足しのあるものは、その用の前後に寄る。季節によって違うが、日が長くなると午後の四時ごろから灯《ひ》がつくころが一ばん落ち合って立て込んだ。めいめい、好《この》み好みの場所に席を取って、鮨種子《すしだね》で融通《ゆうずう》してくれるさしみや、酢《す》のもので酒を飲むものもあるし、すぐ鮨に取りかかるものもある。

、、、
ともよの父親である鮨屋《すしや》の亭主《ていしゅ》は、ときには仕事場から土間《どま》へ降りて来て、黒みがかった押鮨《おしずし》を盛《も》った皿を常連のまん中のテーブルに置く。

「何だ、何だ」

好奇《こうき》の顔が四方から覗《のぞ》き込む。

「まあ、やってごらん、あたしの寝酒《ねざけ》の肴《さかな》さ」

亭主は客に友達のような口をきく。

、、、
「こはだにしちゃ味が濃《こ》いし――」

ひとつ撮《つま》んだのがいう。

「鯵《あじ》かしらん」

するとと、畳敷《たたみじ》きの方の柱の根に横坐《よこずわ》りにして見ていた内儀《かみ》さん——ともよの母親——が、は　は　は　と太り肉《じし》を揺《ゆ》すって「みんなおとッつぁんに一ぱい食った」と笑った。

それは塩さんまを使った押鮨《おしずし》で、おからを使ってほどよく塩と脂《あぶら》を抜いて、押鮨にしたのであった。

「おとっさん狡《ずる》いぜ、ひとりでこっそりこんな旨《うま》いものを拵《こしら》えて食うなんて——」

「へえ、さんまも、こうして食うとまるで違うね」

客たちのこんな話がひとしきりがやがや渦《うず》まく。

「なにしろあたしたちは、銭《ぜに》のかかる贅沢《ぜいたく》はできないからね」

「おとっさん、なぜこれを、店に出さないんだ」

「冗談《じょうだん》いっちゃ、いけない、これを出した日にゃ、他の鮨が蹴押《けお》されて売れなくなっちまわ。第一、さんまじゃ、いくらも値段がとれないからね」

「おとッつぁん、なかなか商売を知っている」

その他、鮨の材料を採《と》ったあとの鰹《かつお》の中落《なかおち》だの、鮑《あわび》の腸《はらわた》だの、鯛《たい》の白子《しらこ》[*1]だのを巧《たく》みに調理したものが、ときどき常連にだけ突き出された。ともよはそれを見て「飽《あ》きあきする、あんなまずいもの」と顔を皺《しわ》めた。だが、それらは常連からくれといってもなかなか出さないで、思わぬときにひょっこり出す。亭主はこのことにかけてだけいこじでむら気なのを知っているので決してねだらない。

よほど欲しいときは、娘のともよにこっそり頼《たの》む。するとともよは面倒臭《めんどうくさ》そうに探《さが》し出して与える。

ともよは幼い時から、こういう男達は見なれて、その男たちを通して世の中を頃《ころ》あいでこだわらない、いささか稚気《ちき》のあるものに感じて来ていた。

女学校《じょがっこう》時代に、鮨屋の娘ということが、いくらか恥じられて、家の出入りの際には、できるだけ友達を近づけないことにしていた苦労のようなものがあって、孤独《こどく》な感じはあったが、ある程度までの孤独感は、家の中の父母の間柄《あいだがら》からも染《し》みつけられていた。父と母と喧嘩《けんか》をするようなことはなかったが、気持ちはめいめい独立していた。ただ生きて行くことの必要上から、事務的よりも、もう少し本能に食い込んだ協調やらいたわり方を暗《あん》黙《もく》のうちに交換して、それが反射的にまで発育しているので、世間からは無口で比較的《ひかくてき》仲のよい夫婦にも見えた。父親は、どこか下町のビルヂングに支店を出すことに熱意を持ちながら、小鳥を飼《か》うのを道楽《どうらく》にしていた。母親は、物見遊山《ものみゆさん》にも行かず、着ものも買わない代わりに月々の店の売上げ額《がく》から、自分だけの月がけ貯金をしていた。

両親は、娘のことについてだけは一致《いっち》したものがあった。とにかく教育だけはしとかなくてはということだった。まわりに浸々《ひたひた》と押し寄せて来る、知識的な空気に対して、この点では両親は期せずして一致して社会への競争的なものは持っていた。

「自分は職人《しょくにん》だったからせめて娘は」

と――だが、それから先をどうするかは、まったく茫然《ぼうぜん》としていた。

無邪気《むじゃき》に育てられ、表面だけだが世事《せじ》に通じ、軽快でそして孤独《こどく》的なものを持っている。これがともよの性格だった。こういう娘を誰《だれ》も目の敵《かたき》にしたり邪魔《じゃま》にするものはない。ただ男に対してだけは、ずばずば応対して女の子らしい羞《はじ》らいも、作為《さくい》の態度《たいど》もないので、一時女学校の教員の間で問題になったが、商売柄《がら》、自然、そういう女の子になったのだと判《わか》って、いつの間にか疑《うたが》いは消えた。

ともよは学校の遠足会で多摩川《たまがわ》べりへ行ったことがあった。春さきの小川の淀《よど》みの淵《ふち》を覗《のぞ》いていると、いくつも鮒《ふな》が泳ぎ流れて来て、新茶のような青い水の中に尾鰭《おひれ》を閃《ひら》めかしては、杭根《くいね》の苔《こけ》を食《は》んで、また流れ去って行く。するともうあとの鮒が流れ溜《たま》って尾鰭を閃めかしている。流れ来《きた》り、流れ去るのだが、その交替は人間の意識の眼《め》には留《とど》まらないほどすみやかでかすかな作業のようで、いつも若干《じゃっかん》の同じ魚が、そこに遊んでいるかとも思える。ときどきは不精《ぶしょう》そうな鯰《なまず》も来た。

自分の店の客の新陳代謝《しんちんたいしゃ》はともよにはこの春の川の魚のようにも感ぜられた。（たとえ常連というグループはあっても、そのなかの一人一人はいつか変わっている）自分は杭根《くいね》のみどりの苔《こけ》のように感じた。みんな自分に軽く触《ふ》れては慰《なぐさ》められて行く。ともよは店のサーヴィスを義務とも辛抱《しんぼう》とも感じなかった。胸も腰もつくろわない少女じみたカシミヤの制服を着て、有合《ありあわ》せの男下駄《おとこげた》をカランカラン引きずって、客へ茶を運ぶ。客が情事《じょうじ》めいたことをいって揶揄《からか》うと、ともよは口をちょっと尖《とが》らし、片方の肩を一しょに釣《つ》り上げて

「困るわそんなこと、何とも返事できないわ」

という。さすがに、それにはごく軽い媚《こ》びが声に捩《よじ》れて消える。客は仄《ほの》かな明るいものを自分の気持ちのなかに点じられて笑う。ともよは、その程度の福ずしの看板娘であった。

客のなかの湊《みなと》というのは、五十過ぎぐらいの紳士で、濃《こ》い眉《まゆ》がしらから顔へかけて、憂《ゆう》愁《しゅう》の蔭《かげ》を帯《お》びている。時によっては、もっと老《ふ》けて見え、場合によっては情熱的な壮年《そうねん》者《しゃ》にも見えるときもあった。けれども鋭《するど》い理智《りち》から来る一種の諦念《ていねん》といったようなものが、人柄《ひとがら》の上に冴《さ》えて、苦味《にがみ》のある顔を柔和《にゅうわ》に磨《みが》いていた。濃《こ》く縮《ちぢ》れた髪の毛を、ほどよくもじょもじょに分け仏蘭西髭《フランスひげ》を生《は》やしている。服装は赤

い短靴《たんぐつ》を埃《ほこり》まみれにしてホームスパン[*2]を着ている時もあれば、少し古びた結城《ゆうき》で着流しのときもある。独身者であることはたしかだが職業は誰《だれ》にも判《わか》らず、店ではいつか先生と呼び馴《な》れていた。鮨《すし》の食べ方は巧者《こうしゃ》であるが、強《し》いて通《つう》がるところもなかった。

サビタのステッキを床《ゆか》にとんとつき、椅子《いす》に腰かけてから体を斜《なな》めに鮨の握《にぎ》り台《だい》の方へ傾《かたむ》け、硝子箱《ガラスばこ》の中に入っている材料を物憂《ものう》そうに点検する。

「ほう。今日《きょう》はだいぶ品数《しなかず》があるな」

といってともよの運んで来た茶を受け取る。

「カンパチが脂《あぶら》がのっています、それに今日は蛤《はまぐり》も——」

ともよの父親の福ずしの亭主《ていしゅ》は、いつかこの客の潔癖《けっぺき》な性分《しょうぶん》であることを覚え、湊が来ると無意識に俎板《まないた》や塗盤《ぬりばん》の上へしきりに布巾《ふきん》をかけながらいう。

「じゃ、それを握《にぎ》ってもらおう」

「はい」

亭主はしぜん、ほかの客とは違った返事をする。湊の鮨の食べ方のコースは、いわれなくともともよの父親は判《わか》っている。鮪《まぐろ》の中とろから始まって、つめのつく煮《に》ものの鮨になり、だんだんあっさりした青い鱗《うろこ》のさかなに進む。そして玉子と海苔巻《のりまき》に終わる。それで握《にぎ》り手《て》は、その日の特別の注文は、適宜《てきぎ》にコースの中へ加えればいいのである。

湊は、茶を飲んだり、鮨を味わったりする間、片手を頰《ほお》に宛《あ》てがうか、そのまま首を下げてステッキの頭に置く両手の上へ顎《あご》を載《の》せるかして、じっと眺《なが》める。眺めるのは開け放してある奥座敷《おくざしき》を通して眼《め》に入る裏《うら》の谷合《たにあい》の木がくれの沢地《さわち》か、水を撒《ま》いてある表通りに、向うの塀《へい》から垂《た》れ下がっている椎《しい》の葉の茂《しげ》みかどちらかである。

ともよは、初めは少し窮屈《きゅうくつ》な客と思っていただけだったが、だんだんこの客の謎《なぞ》めいた眼《め》の遣《や》り処《どころ》を見慣《みな》れると、お茶を運んで行ったときから鮨を食い終わるまで、よそばかり眺《なが》めていて、一度もその眼を自分の方に振り向けないときは、物足《ものた》りなく思うようになった。そうかといって、どうかして、まともにその眼を振り向けられ自分の眼と永《なが》く視線を合わせていると、自分を支えている力を暈《くらま》されて危《あぶ》ないような気がした。

偶然のように顔を見合わして、ただ一通りの好感を寄せる程度で、微笑《びしょう》してくれるときはともよは父母とは違って、自分をほぐしてくれるなにか暖味《あたたかみ》のある刺戟《しげき》のような感じをこの年とった客からうけた。だからともよは湊がいつまでもよそばかり見ているときは土間の隅《すみ》の湯沸《ゆわ》かしの前で、絽《ろ》ざし[*3]の手をとめて、たとえば、作り咳《ぜき》をするとか耳に立つものの音をたてるかして、自分ながらしらずしらず湊の注意を自分に振り向ける所作《しょさ》をした。すると湊は、ぴくりとして、ともよの方を見て、微笑する。上歯と下歯がきっちり合い、引き緊《しま》って見える口の線が、滑《なめ》らかになり、仏蘭西髭《フランスひげ》の片端《かたはし》が目についてあがる

――父親は鮨を握《にぎ》りながらちょっと眼を挙《あ》げる。ともよのいたずら気《け》とばかり思い、また不愛想な顔をして仕事に向かう。
　湊はこの店へ来る常連とは分け隔《へだ》てなく話す。競馬の話、株の話、時局の話、碁《ご》、将棋《しょうぎ》の話、盆栽《ぼんさい》の話――だいたいこういう場所の客の間に交わされる話題に洩《も》れないものだが、湊は、八分は相手に話さして、二分だけ自分が口を開くのだけれども、その寡黙《かもく》は相手を見下げているのでもなく、つまらないのを我慢《がまん》しているのでもない。その証拠《しょうこ》には、盃《さかずき》の一つもさされると
「いやどうも、僕《ぼく》は身体《からだ》を壊《こわ》していて、酒はすっかりとめられているのですが、せっかくですから、じゃ、まあ、いただきましょうかな」といって、細いがっしりとしている手を、何度も振って、さも敬意を表するように鮮《あざ》やかに盃を受け取り、気持ちよく飲んでまた盃を返す。そして徳利《とっくり》を器用に持ち上げて酌《しゃく》をしてやる。その挙動《きょどう》の間に、いかにも人なつこく他人の好意に対しては、何倍にかして返さなくては気が済まない性分《しょうぶん》が現れているので、常連の間で、先生は好《よ》い人だということになっていた。
　ともよは、こういう湊を見るのは、あまり好かなかった。あの人にしては軽すぎるというような態度だと思った。相手客のほんの気まぐれに振り向けられた親しみに対して、あまともに親身《しんみ》の情《じょう》を返すのは、湊の持っているものが減《へ》ってしまうように感じた。ふだ

ん陰気《いんき》なくせに、一たん向けられると、何という浅ましくがつがつ人情に饑《う》えている様子を現わす年とった男だろうと思う。ともよは湊が中指に嵌《は》めている古代埃及《エジプト》の甲虫《スカラップ》のついている銀の指環《ゆびわ》さえそういうときは嫌味《いやみ》に見えた。

湊の応対ぶりに有頂天《うちょうてん》になった相手客が、なお繰《く》り返して湊に盃《さかずき》をさし、湊も釣《つ》り込まれて少し笑声さえたてながらその盃の遣《や》り取《と》りを始め出したと見るときは、ともよはつかつかと寄って行って

「お酒、あんまり呑《の》んじゃ体にいけないっていってるくせに、もう、よしなさい」

と湊の手から盃をひったくる。そして湊の代わりに相手の客にその盃をつき返して黙《だま》って行ってしまう。それは必ずしも湊の体をおもうためでなく、妙《みょう》な嫉妬《しっと》がともよにそうさせるのであった。

「なかなか世話女房《せわにょうぼう》だぞ、ともちゃんは」

相手の客がそういうくらいでその場はそれなりになる。湊も苦笑《くしょう》しながら相手の客に一礼して自分の席に向き直り、重たい湯呑《ゆの》み茶碗《ぢゃわん》に手をかける。

ともよは湊のことが、だんだん妙な気がかりになり、かえって、そしらぬ顔をして黙《だま》っていることもある。湊がはいって来ると、つんとすまして立って行ってしまうこともある。湊もそういう素振《そぶ》りをされて、却《かえ》って明るく薄笑《うすわら》いするときもあるが、全然、ともよの姿

の見えぬときは物寂《ものさび》しそうに、いつもよりいっそう、表通りや裏《うら》の谷合《たにあい》の景色《けしき》を深々と眺《なが》める。

ある日、ともよは、籠《かご》をもって、表通りの虫屋へ河鹿《かじか》*4を買いに行った。ともよの父親は、こういう飼《か》いものに凝《こ》る性分《しょうぶん》で、飼い方もうまかったが、ときどきは失敗して数を減《へ》らした。が今年ももはや初夏の季節で、河鹿など涼《すず》しそうに鳴かせる時分だ。

ともよは、表通りの目的の店近く来ると、その店から湊が硝子鉢《ガラスばち》を下げて出て行く姿を見た。湊はともよに気がつかないで硝子鉢をいたわりながら、むこう向きにそろそろ歩いていた。

ともよは、店へ入って手ばやく店のものに自分の買うものを注文して、籠《かご》にそれを入れてもらう間、店先へ出て、湊の行く手に気をつけていた。

河鹿を籠に入れてもらうと、ともよはそれを持って、急いで湊に追いついた。

「先生ってば」

「ほう、ともちゃんか、珍《めずら》しいな、表で逢《あ》うなんて」

二人は、歩きながら、互いの買いものを見せ合った。湊は西洋《せいよう》の観賞魚の髑髏《ゴーストフィシュ》魚を買っていた。それは骨が寒天《かんてん》のような肉に透《す》き通って、腸《はらわた》が鰓《えら》の下に小さくこみ上がっていた。

「先生のおうち、この近所」

「いまは、この先のアパートにいる。だが、いつ越すかわからないよ」

湊は珍しく表で逢ったからともよにお茶でもご馳走《ちそう》しようといって町筋《まちすじ》をすこし物色《ぶっしょく》したが、この辺には思わしい店もなかった。

「まさか、こんなものを下げて銀座《ぎんざ》へも出かけられんし」

「ううん銀座なんかへ行かなくっても、どこかその辺の空地《あきち》で休んで行きましょうよ」

湊は今さらのように張《みなぎ》りわたる新樹《しんじゅ》の季節を見廻《みまわ》し、ふうっと息を空に吹いて

「それも、いいいな」

表通りを曲がると間もなく崖端《がけはし》に病院の焼跡《やけあと》の空地《あきち》があって、煉瓦塀《れんがべい》の一側《ひとかわ》がローマの古跡《こせき》のように見える。ともよと湊は持ちものを叢《くさむら》の上に置き、足を投げ出した。

ともよは、湊になにかいろいろ訊《き》いてみたい気持ちがあったのだが、いまこうして傍《そば》に並《なら》んでみると、そんな必要もなく、ただ、霧《きり》のような匂《にお》いにつつまれて、しんしんとするだけである。湊の方がかえって弾《はず》んでいて

「今日《きょう》は、ともちゃんが、すっかり大人《おとな》に見えるね」

などと機嫌好《きげんよ》さそうにいう。

ともよは何をいおうかとしばらく考えていたが、たいしたおもいつきでもないようなことを、とうとういい出した。

「あなた、お鮨、本当にお好きなの」

「さあ」

「じゃなぜ来て食べるの」

「好きでないことはないさ、けど、さほど食べたくない時でも、鮨を食べるということが僕《ぼく》の慰《なぐさ》みになるんだよ」

「なぜ」

なぜ、湊が、さほど鮨を食べたくない時でも鮨を食べるというそのことだけが湊の慰めとなるかを話し出した。

――旧《ふる》くなって潰《つぶ》れるような家には妙《みょう》な子供が生まれるというものか、大きな家の潰れるときというものは、大人《おとな》より子供にその脅《おび》えが予感されるというものか、それが激《はげ》しく来ると、子は母の胎内《たいない》にいるときから、そんな脅えに命を蝕《むしば》まれているのかもしれないね――というような言葉を冒頭《ぼうとう》に湊は語り出した。

その子供は小さいときから甘いものを好《この》まなかった。おやつにはせいぜい塩煎餅《しおせんべい》ぐらいを望んだ。食べるときは、上歯と下歯を丁寧《ていねい》に揃《そろ》え円《まる》い形の煎餅の端《はし》を規則正しく嚙《か》み取った。ひどく湿《しけ》っていない煎餅なら大概《たいがい》いい音がした。子供は嚙み取った煎餅の破片をじゅうぶんに咀嚼《そしやく》して咽喉《のど》へきれいに嚥《の》み下《くだ》してから次の端を嚙み取ることにかかる。上歯と下歯をまた丁寧に揃え、その間へまた煎餅の次の端を挟《はさ》み入れる――いざ、嚙み破るときに子供は眼《め》を薄《うす》く瞑《つぶ》り耳を澄《す》ます。

ぺちん

同じ、ぺちんという音にも、いろいろの性質《たち》があった。子供は聞き慣《な》れてその音の種類を聞き分けた。

ある一定の調子の響《ひび》きを聞き当てたとき、子供はぷるぷると胴慄《どうぶる》いした。子供は煎餅を持った手を控えて、しばらく考え込む。うっすら眼に涙を溜《た》めている。

家族は両親と、兄と姉と召使《めしつか》いだけだった。家じゅうで、おかしな子供といわれていた。その子供の食べものはほかにまだ偏《かたよ》っていた。さかなが嫌《きら》いだった。あまり野菜は好かなかった。肉類は絶対に近づけなかった。

神経質のくせに表面はおうように見せている父親はときどき

「ぼうずはどうして生きているのかい」

と子供の食事を覗《のぞ》きに来た。一つは時勢《じせい》のためでもあるが、父親は臆病《おくびよう》なくせにおうように見せたがる性分《しょうぶん》から、家の没落《ぼつらく》をじりじり眺《なが》めながら「なに、まだ、まだ」とまけおしみをいって潰《つぶ》して行った。子供の小さい膳《ぜん》の上には、いつものように炒《い》り玉子と浅《あさ》草海苔《くさのり》が、載《の》っていた。母親は父親が覗くとその膳を袖《そで》で隠《かく》すようにして

「あんまり、はたから騒《さわ》ぎ立てないでください、これさえ気まり悪がって食べなくなりますから」

その子供には、実際、食事が苦痛だった。体内へ、色、香り、味のある塊団《かたまり》を入れると、何か身が穢《けが》れるような気がした。空気のような食べものはないかと思う。腹が減《へ》ると饑《う》えは充分感じるのだが、うっかり食べる気はしなかった。床《とこ》の間《ま》の冷たく透《す》き通った水晶《すいしょう》の置きものに、舌を当てたり、頰《ほお》をつけたりした。饑《う》えぬいて、頭の中が澄《す》みきったまま、だんだん、気が遠くなって行く。それが谷地の池水を距《へだ》ててA—丘《おか》の後へ入りかける夕《ゆう》陽《ひ》を眺《なが》めているときでもあると（湊の生まれた家もこの辺の地勢に似た都会の一隅《いちぐう》にあった。）子どもはこのままのめり倒れて死んでも関《かま》わないとさえ思う。だが、この場合は窪《くぼ》んだ腹に緊《きつ》く締《し》めつけてある帯の間に両手を無理にさし込み、体は前のめりのまま首だけ仰《あお》のいて

「お母さあん」

と呼ぶ。子供の呼んだのは、現在の生みの母のことではなかった。子供は現在の生みの

母は家族じゅうで一番好きである。けれども子供にはまだ他に自分に「お母さん」と呼ばれる女性があって、どこかにいそうな気がした。自分がいま呼んで、もし「はい」といってその女性が眼《め》の前に出て来たなら自分はびっくりして気絶《きぜつ》してしまうに違いないとは思う。しかし呼ぶことだけは悲しい楽しさだった。

「お母さあん、お母さあん」

薄紙《うすがみ》が風に慄《ふる》えるような声が続いた。

「はあい」

と返事をして現在の生みの母親が出て来た。

「おや、この子は、こんなところで、どうしたのよ」

肩を揺《ゆ》すって顔を覗《のぞ》き込む。子供は感違いした母親に対して何だか恥ずかしく赤くなった。

「だから、三度三度ちゃんとご飯食べておくれというに、さ、ほんとに後生《ごしょう》だから」

母親はおろおろの声である。こういう心配の揚句《あげく》、玉子と浅草海苔《あさくさのり》が、この子の一ばん性《しょう》に合う食べものだということが見出《みいだ》されたのだった。これなら子供には腹に重苦《おもくる》しいだけで、穢《けが》されざるものに感じた。

子供はまた、ときどき、切《せつ》ない感情が、体のどこからか判《わか》らないで体一ぱいに詰まるのを感じる。そのときは、酸味《さんみ》のある柔《やわ》らかいものなら何でも噛んだ。生梅《なまうめ》や橘《たちばな》の実を捥《も》いで来て噛んだ。さみだれの季節になると子供は都会の中の丘《おか》と谷合《たにあい》にそれらの実のありどころをそれらを啄《ついば》みに来る烏《からす》のようによく知っていた。

子供は、小学校はよく出来た。一度読んだり聞いたりしたものは、すぐ判《わか》って乾板《かんぱん》*5のように脳の襞《ひだ》に焼きつけた。子供には学課の容易さがつまらなかった。つまらないという冷《れい》淡《たん》さが、かえって学課の出来をよくした。

家の中でも学校でも、みんなはこの子供を別もの扱《あつか》いにした。

父親と母親とが一室で言い争っていた末、母親は子供のところへ来て、しみじみとした調子でいった。

「ねえ、おまえがあんまり痩《や》せて行くもんだから学校の先生と学務委員たちの間で、あれは家庭で衛生《えいせい》の注意が足りないからだという話が持ち上がったのだよ。それを聞いて来てお父《とっ》つぁんは、ああいう性分《しょうぶん》だもんだから、私に意地《いじ》く悪く当たりなさるんだよ」

そこで母親は、畳《たたみ》の上へ手をついて、子供に向かってこっくりと、頭を下げた。

「どうか頼《たの》むから、もっと、食べるものを食べて、肥《ふと》っておくれ、そうしてくれないと、あたしは、朝晩、いたたまれない気がするから」

子供は自分の畸《き》形《けい》な性質から、いずれは犯《おか》すであろうと予感した罪悪《ざいあく》を、犯したような気がした。わるい。母に手をつかせ、お叩頭《じぎ》をさせてしまったのだ。顔がかっとなって体に慄《ふる》えが来た。だが不思議にも心はかえって安らかだった。すでに、自分は、こんな不孝をして悪人《あくにん》となってしまった。こんな奴《やつ》なら自分は滅《ほろ》びてしまっても自分で惜《お》しいとも思うまい。よし、なんでも食べてみよう、食べ馴《な》れないものを食べて体が慄え、吐いたりもどしたり、その上、体じゅうが濁《にご》り腐《くさ》って死んじまってもいいとしよう。生きていてしじゅう食べものの好き嫌《きら》いをし、人をも自分をも悩《なや》ませるよりその方がましではあるまいか――

子供は、平気を装《よそお》って家のものと同じ食事をした。すぐ吐いた。口中や咽喉《のど》を極力無感覚に制御《せいぎょ》したつもりだが嚥《の》み下《くだ》した食べものが、母親以外の女の手が触《ふ》れたものと思う途端《とたん》に、胃囊《いぶくろ》が不意に逆に絞《しぼ》り上げられた――女中の裾《すそ》から出る剝《は》げた赤いゆもじや飯炊《めしたき》＊6婆《ばあ》さんの横顔になぞってある黒鬢《くろびん》つけの印象が胸の中を暴力のように掻《か》き廻《まわ》した。

兄と姉はいやな顔をした。父親は、子供を横眼《よこめ》でちらりと見たまま、知らん顔して晩酌《ばんしやく》の盃《さかずき》を傾《かたむ》けていた。母親は子供の吐きものを始末《しまつ》しながら、恨《うら》めしそうに父親の顔を見て

「それごらんなさい。あたしのせいばかりではないでしょう。この子はこういう性分《しょうぶん》です」

と嘆息《たんそく》した。しかし、父親に対して母親はなお、おずおずはしていた。

その翌日であった。母親は青葉の映りの濃《こ》く射《さ》す縁側《えんがわ》へ新しい茣蓙《ござ》を敷《し》き、俎板《まないた》だの庖《ほう》丁《ちょう》だの水桶《みずおけ》だの蠅帳《はいちょう》＊7だの持ち出した。それもみな買い立ての真新しいものだった。

母親は自分と俎板《まないた》を距《へだ》てた向こう側に子供を坐《すわ》らせた。子供の前には膳《ぜん》の上に一つの皿を置いた。

母親は、腕捲《うでまく》りして、薔《ば》薇《ら》いろの掌《てのひら》を差し出して手《て》品師《じなし》のように、手の裏表《うらおもて》を返して子供に見せた。それからその手を言葉と共に調子づけて擦《こす》りながらいった。

「よくごらん、使う道具は、みんな新しいものだよ。それから拵《こしら》える人は、おまえさんの母さんだよ。手はこんなにもよくきれいに洗ってあるよ。判《わか》ったかい。判ったら、さ、そこで――」

母親は、鉢《はち》の中で炊《た》きさました飯《めし》に酢《す》を混《ま》ぜた。母親も子供もこんこん噎《む》せた。それから母親はその鉢を傍《そば》に寄せて、中からいくらかの飯の分量を摑《つか》み出して、両手で小さく長方形に握《にぎ》った。

蠅帳《はいちょう》の中には、すでに鮨《すし》の具《ぐ》が調理されてあった。母親は素早くその中からひ、、、とき、、れいを取り出してそれからちょっと押さえて、長方形に握った飯の上へ載《の》せた。子供の前の膳《ぜん》の上の皿へ置いた。玉子焼鮨だった。

「ほら、鮨だよ、おすしだよ。手々《てて》で、じかに摑《つか》んで食べてもいいのだよ」

子供は、その通りにした。はだかの肌《はだ》をするする撫《な》でられるようなころ合いの酸味《さんみ》に、飯《めし》と、玉子のあまみがほろほろに交《まじ》ったあじわいがちょうど舌一ぱいに乗った具合――それをひとつ食べてしまうと体を母に扨《よ》りつけたいほど、おいしさと、親しさが、ぬくめた香湯のように子供の身うちに湧《わ》いた。

子供はおいしいというのが、きまり悪いので、ただ、にいっと笑って、母の顔を見上げた。

「そら、もひとつ、いいかね」

母親は、また手品師のように、手をうら返しにして見せた後、飯《めし》を握《にぎ》り、蠅帳《はいちょう》から具《ぐ》の一片《ひとき》れを取りだして押しつけ、子供の皿に置いた。

子供は今度《こんど》は握った飯の上に乗った白く長方形の切片《せつぺん》を気味悪《きみわる》く覗《のぞ》いた。すると母親は怖《こわ》くない程度の威丈高《いたけだか》になって

「何でもありません、白い玉子焼だと思って食べればいいんです」

といった。

かくて、子供は、烏賊《いか》というものを生まれてはじめて食べた。象牙《ぞうげ》のような滑《なめ》らかさがあって、生餅《なまもち》より、よっぽど歯切れがよかった。子供は烏賊鮨を食べていたその冒険のさなか、詰めていた息のようなものを、はっ、として顔の力《りき》みを解いた。うまかったことは、笑い顔でしか現わさなかった。

母親は、こんどは、飯《めし》の上に、白い透《す》きとおる切片《せっぺん》をつけて出した。子供は、それを取って口へ持って行くときに、脅《おびや》かされるにおいに掠《かす》められたが、鼻を詰まらせて、思い切って口の中へ入れた。

白く透き通る切片は、咀嚼《そしゃく》のために、上品《じょうひん》なうま味《み》に衝《つ》きくずされ、ほどよい滋味《じみ》の圧感に混って、子供の細い咽喉《のど》へ通って行った。

「今のは、たしかに、ほんとうの魚に違いない。自分は、魚が食べられたのだ――」

そう気づくと、子供は、はじめて、生きているものを噛《か》み殺したような征服《せいふく》と新鮮《しんせん》を感じ、あたりを広く見廻《みまわ》したい歓《よろこ》びを感じた。むずむずする両方の脇腹《わきばら》を、同じような歓びで、じっとしていられない手の指で掴《つか》み搔《か》いた。

「ひ　ひ　ひ　ひ　ひ」

無暗《むやみ》に疳高《かんだか》に子供は笑った。母親は、勝利は自分のものだと見てとると、指についた飯《めし》粒《つぶ》を、ひとつひとつ払い落としたりしてから、わざと落ちついて蠅帳《はいちょう》のなかを子供に見せぬよう覗《のぞ》いていった。

「さあ、こんどは、何にしようかね……はてね……まだあるかしらん……」

子供は焦立《いらだ》って絶叫《ぜっきょう》する。

「すし！　すし」

母親は、嬉《うれ》しいのをぐっと堪《こら》える少し呆《ほう》けたような――それは子供が、母としては一ばん好きな表情で、生涯《しょうがい》忘れ得ない美しい顔をして

「では、お客さまのお好みによりまして、次を差し上げまあす」

最初のときのように、薔薇《ばら》いろの手を子供の眼《め》の前に近づけ、母はまたも手品師のように裏《うら》と表を返して見せてから鮨を握《にぎ》り出した。同じような白い身の魚の鮨が握り出された。

母親はまず最初の試《こころ》みに注意深く色と生臭《なまぐさ》のない魚肉を選んだらしい。それは鯛《たい》と比良目《ひらめ》であった。

子供は続けて食べた。母親が握《にぎ》って皿の上に置くのと、子供が摑《つか》み取る手と、競走するようになった。その熱中が、母と子を何も考えず、意識しない一つの気持ちの痺《しび》れた世界に牽《ひ》き入れた。五つ六つの鮨が握られて、摑み取られて、食べられる――その運びに面白《おもしろ》く調子がついて来た。素人《しろうと》の母親の握る鮨は、いちいち大きさが違っていて、形も不細工《ぶさいく》だった。鮨は、皿の上に、ころりと倒れて、載《の》せた具《ぐ》を傍《そば》へ落とすものもあった。子供

は、そういうものへかえって愛感を覚え、自分で形を調《ととの》えて食べるとよけいおいしい気がした。子供は、ふと、日ごろ、内しょで呼んでいるも一人の幻想《げんそう》のなかの母といま目の前に鮨を握っている母とが眼《め》の感覚だけか頭の中でか、一致《いっち》しかけ一重の姿に紛《まぎ》れている気がした。もっと、ぴったり、一致して欲しいが、あまり一致したら恐ろしい気もする。

自分が、いつも、誰《だれ》にも内しょで呼ぶ母はやはり、この母親であったのかしら、それがこんなにも自分においしいものを食べさせてくれるこの母であったのなら、内密に心を外の母に移していたのが悪かった気がした。

「さあ、さあ、今日《きょう》は、このくらいにしておきましょう。よく食べておくれだったね」

目の前の母親は、飯粒《めしつぶ》のついた薔薇《ばら》いろの手をぱんぱんと子供の前で気もちよさそうにはたいた。

それから後も五、六度、母親の手製の鮨に子供は慣《な》らされて行った。

ざくろの花のような色の赤貝《あかがい》の身だの、二本の銀色の地色に竪縞《たてじま》のあるさよりだのに、子供は馴染《なじ》むようになった。子供はそれから、だんだん平常の飯の菜《さい》にも魚が食べられるようになった。身体《からだ》も見違えるほど健康になった。中学へはいるころは、人が振り返るほど美しく逞《たくま》しい少年になった。

するとと不思議にも、今まで冷淡だった父親が、急に少年に興味《きょうみ》を持ち出した。晩酌《ばんしゃく》の膳《ぜん》の前に子供を坐《すわ》らせて酒の対手《あいて》をさしてみたり、玉突《たまつ》き*8に連れて行ったり、茶屋酒《ちゃやざけ》も飲ませた。

その間に家はだんだん潰《つぶ》れて行く。父親は美しい息子《むすこ》が紺飛白《こんがすり》の着物を着て盃《さかずき》を銜《ふく》むのを見て陶然《とうぜん》とする。他所《よそ》の女にちやほやされるのを見て手柄《てがら》を感ずる。息子は十六、七になったときには、結局いい道楽者《どうらくもの》になっていた。

母親は、育てるのに手数をかけた息子《むすこ》だけに、狂気《きょうき》のようになってその子を父親が台なしにしてしまったと怒《おこ》る。その必死な母親の怒《いか》りに対して父親は張り合いもなくうす苦《にが》く黙笑《もくしょう》してばかりいる。家が傾《かたむ》く鬱積《うつせき》を、こういう夫婦争いで両親は晴らしているのだ、と息子はつくづく味気なく感じた。

息子《むすこ》には学校へ行っても、学課が見通せて判《わか》りきってるように思えた。中学でも彼は勉強もしないでよく出来た。高等学校から大学へ苦もなく進めた。それでいて、何かしら体のうちに切《せつ》ないものがあって、それを晴らす方法は急《いそ》いで求めてもなかなか見付からないように感ぜられた。永《なが》い憂鬱《ゆううつ》と退屈《たいくつ》あそびのなかから大学も出、職《しょく》も得た。

家はまったく潰《つぶ》れ、父母や兄姉も前後して死んだ。息子《むすこ》自身は頭が好《よ》くて、どこへ行っても相当に用《もち》いられたが、なぜか、一家の職にも、栄達《えいたつ》にも気が進まなかった。二度目の妻が死んで、五十近くなった時、ちょっとした投機でかなり儲《もう》け、一生独《ひと》りの生活には事かかない見極《みきわ》めのついたのを機に職業も捨《す》てた。それから後は、ここのアパート、あちらの貸家《かしや》と、彼の一所不定《いっしょふてい》の生活が始まった。


今のはなしのうちの子供、それから大きくなって息子《むすこ》と呼んではなしたのは私のことだと湊は長い談話のあとで、ともよにいった。

「ああ判《わか》った。それで先生は鮨《すし》がお好きなのね」

「いや、大人《おとな》になってからは、そんなに好きでもなくなったのだが、近ごろ、年をとったせいか、しきりに母親のことを想《おも》い出すのでね。鮨までなつかしくなるんだよ」

二人の坐《すわ》っている病院の焼跡《やけあと》のひとところに支えの朽《く》ちた藤棚《ふじだな》があって、おどろのように藤蔓《ふじづる》が宙から地上に這《は》い下がり、それでも蔓《つる》の尖《さき》の方には若葉を一ぱいつけ、その間から痩《や》せたうす紫《むらさき》の花房《はなぶさ》が雫《しずく》のように咲き垂《た》れている。庭石《にわいし》の根締《ねじ》めになっていたやしおの躑躅《つつじ》*9が石を運び去られたあとの穴の側に半面、黝《くろ》く枯《か》れて火のあおりのあとを残しながら、半面に白い花をつけている。

庭の端《はし》の崖下《がけした》は電車線路になっていて、ときどき轟々《ごうごう》と電車の行き過ぎる音だけが聞こえる。

竜《りゅう》の髭《ひげ》*10のなかのいちはつの花の紫《むらさき》が、夕風に揺《ゆ》れ、二人のいる近くに一本立っている太い棕梠《しゅろ》の木の影《かげ》が、草叢《くさむら》の上にだんだん斜《なな》めにかかって来た。ともよが買って来てそこへ置いた籠《かご》の河鹿《かじか》が二声、三声、啼《な》きはじめた。

二人は笑いを含んだ顔を見合わせた。

「さあ、だいぶ遅くなった。ともちゃん、帰らなくては悪かろう」

ともよは河鹿の籠を捧《ささ》げて立ち上がった。すると、湊は自分の買った骨の透《す》き通って見える髑髏魚《ゴーストフィシュ》をも、そのままともよに与えて立ち去った。

湊はその後、すこしも福ずしに姿を見せなくなった。

「先生は、近ごろ、さっぱり姿を見せないね」

常連の間に不審《ふしん》がるものもあったが、やがてすっかり忘られてしまった。

ともよは湊と別れるとき、湊がどこのアパートにいるか聞きもらしたのが残念だった。

それで、こちらから訪ねても行けず病院の焼跡《やけあと》へしばらく佇《たたず》んだり、あたりを見廻《みまわ》しながら石に腰かけて湊のことを考え時々は眼《め》にうすく涙さえためてまた茫然《ぼうぜん》として店へ帰って来るのであったが、やがてともよのそうした行為《こうい》もやんでしまった。

このごろでは、ともよは湊を思い出すたびに
「先生は、どこかへ越して、またどこかの鮨屋《すしや》へ行ってらっしゃるのだろう――鮨屋は
どこにでもあるんだもの――」
と漠然《ばくぜん》と考えるに過ぎなくなった。

（一九三九年一月）

家《か》霊《れい》

山の手の高台で電車の交叉点《こうさてん》になっている十字路がある。十字路の間からまた一筋《ひとすじ》細く岐《わか》れ出て下町への谷に向く坂道がある。坂道の途中《とちゅう》に八幡宮《はちまんぐう》の境内《けいだい》と向かい合って名物のどじょう店がある。拭《ふ》き磨《みが》いた千本格子《せんぼんごうし》の真ん中に入口を開《あ》けて古い暖簾《のれん》が懸《か》けてある。暖簾にはお家流《いえりゅう》の文字で白く「いのち」と染《そ》め出してある。

どじょう、鯰《なまず》、鼈《すっぽん》、河豚《ふぐ》、夏はさらし鯨《くじら》――この種の食品は身体《からだ》の精分《せいぶん》になるということから、昔この店の創始者が素晴らしい思い付きのつもりで店名を「いのち」とつけた。その当時はそれも目新しかったのだろうが、中ほどの数十年間は極《きわ》めて凡庸《ぼんよう》な文字になって誰《だれ》も興味《きょうみ》をひくものはない。ただそれらの食品についてこの店は独特な料理方をするのと、値段が廉《やす》いのとで客はいつも絶えなかった。

今から四、五年まえである。「いのち」という文字には何か不安に対する魅力《みりょく》や虚無《きょむ》から出立《しゅったつ》する冒険や、黎明《れいめい》に対しての執拗《しつよう》な追求性――こういったものと結《むす》び付けて考える浪曼《ろうまん》的な時代があった。そこでこの店頭の洗い晒《さら》された暖簾《のれん》の文字も何十年来の煤《すす》を払って、界隈《かいわい》の現代青年に何か即興《そっきょう》的にもしろ、一つのショックを与えるようになった。彼らは店の前へ来ると、暖簾の文字を眺《なが》めて青年風の沈鬱《ちんうつ》さで言う。

「疲れた。一ついのちでも食うかな」

すると連れはやや捌《さば》けたふうで
「逆に食われるなよ」

互いに肩を叩《たた》いたりして中へ犇《ひし》めき入った。

客席は広い一つの座敷《ざしき》である。冷たい籐《とう》の畳《たたみ》の上へ細長い板を桝形《ますがた》に敷《し》き渡《わた》し、これが食台になっている。

客は上へあがって坐《すわ》ったり、土間《どま》の椅子《いす》に腰かけたりしたまま、食台で酒食《しゆしよく》している。客の向かっている食品は鍋《なべ》るいや椀《わん》が多い。

湯気《ゆげ》や煙《けむり》で煤《すす》けたまわりを雇人《やといにん》の手が届《とど》く背丈《せたけ》だけ雑巾《ぞうきん》をかけると見え、板壁《いたかべ》の下から半分ほど銅《あかがね》のように赭《あか》く光っている。それから上、天井へかけてはただ黒く竈《かまど》の中のようである。この室内に向けて昼も剝《む》き出しのシャンデリアが煌々《こうこう》と照らしている。その漂白性《ひようはくせい》の光はこの座敷を洞窟《どうくつ》のように見せるばかりでなく、光は客が箸《はし》で口からしごく肴《さかな》の骨に当たると、それを白の枝珊瑚《えださんご》に見せたり、堆《うずたか》い皿の葱《ねぎ》の白味に当たると玉質のものに燦《きらめ》かしたりする。そのことがまたかえって満座を餓鬼《がき》の饗宴《きようえん》じみて見せる。一つは客たちの食品に対する食べ方が亀屈《かじか》んで、何か秘密な食品に嚙《か》みつくといった様子があるせいかも知れない。

板壁《いたかべ》の一方には中くらいの窓があって棚《たな》が出ている。客の誂《あつら》えた食品は料理場からここへ差し出されるのを給仕《きゆうじ》の小女《こおんな》は客へ運ぶ。客からとった勘定《かんじよう》もここへ載《の》せる。それらを見張ったり受け取るために窓の内側に斜《なな》めに帳場格子《ちようばごうし》を控《ひか》えて永《なが》らく女主人の母親の白い顔が見えた。今は娘のくめ子の小麦色の顔が見える。くめ子は小女の給仕ぶりや客席の様子を監督《かんとく》するために、ときどき窓から覗《のぞ》く。すると学生たちは奇妙《きみよう》な声を立てる。くめ子は苦笑《くしよう》して小女に

「うるさいから薬味《やくみ》でもたくさん持ってって宛《あ》てがっておやりよ」と命ずる。

葱《ねぎ》を刻《きざ》んだのを、薬味箱に誇大《こだい》に盛《も》ったのを可笑《おか》しさを堪《こら》えた顔の小女《こおんな》が学生たちの席へ運ぶと、学生たちは娘への影響《えいきよう》があった証拠《しようこ》を、この揮発性《きはつせい》の野菜の堆《うずたか》さに見て、勝利を感ずる歓呼《かんこ》を挙《あ》げる。

くめ子は七、八ヶ月ほど前からこの店に帰り病気の母親に代わってこの帳場格子に坐《すわ》りはじめた。くめ子は女学校《じよがつこう》へ通っているうちから、この洞窟《どうくつ》のような家は嫌《いや》で嫌で仕方がなかった。人世《じんせい》の老耄者《ろうもうしや》、精力の消費者の食餌療法《しよくじりようほう》をするような家の職業《しよくぎよう》には堪《た》えられなかった。

なんで人はああも衰《おとろ》えというものを極度《きよくど》に惧《おそ》れるのだろうか。衰えたら衰えたままでいいではないか。人を押し付けがましいにおいを立て、脂《あぶら》がぎろぎろ光って浮く精力なんと

いうものほど下品《げひん》なものはない。くめ子は初夏の椎《しい》の若葉の匂《にお》いを嗅《か》いでも頭が痛くなるような娘であった。椎の若葉よりも葉越しの空の夕月を愛した。そういうことは彼女自身かえって若さに飽満《ほうまん》していたためかも知れない。

店の代々の慣《なら》わしは、男は買い出しや料理場を受け持ち、嫁《よめ》か娘が帳場を守ることになっている。そして自分は一人娘である以上、いずれは平凡《へいぼん》な婿《むこ》を取って、一生この餓鬼窟《がきくつ》の女番人にならなければなるまい。それを忠実に勤《つと》めて来た母親の、家職《かしょく》のためにあの無性格にまで晒《さら》されてしまった便《たよ》りない様子、能の小面《こおもて》のように白さと鼠色《ねずみいろ》の陰影《いんえい》だけの顔。やがて自分もそうなるのかと思うと、くめ子は身慄《みぶる》いが出た。

くめ子は、女学校を出たのを機会に、家出同様にして、職業婦人の道を辿《たど》った。彼女はその三年間、何をしたか、どういう生活をしたか一切《いっさい》語らなかった。自宅へは寄寓《きぐう》のアパートから葉書《はがき》ぐらいで文通していた。くめ子が自分で想《おも》い浮かべるのは、三年の間、蝶々《ちょうちょう》のように華《はな》やかな職場の上を閃《ひら》めいて飛んだり、男の友だちと蟻《あり》の挨拶《あいさつ》のように触覚《しょっかく》を触《ふ》れ合わしたりした、ただそれだけだった。それは夢のようでもあり、いつまで経《た》っても同じ繰《く》り返しばかりで飽《あ》き飽《あ》きしても感じられた。

母親が病気で永《なが》い床《とこ》に就《つ》き、親類に喚《よ》び戻されて家に帰って来た彼女は、誰《だれ》の目にもただ育っただけで別に変わったところは見えなかった。母親が

「今まで、何をしておいでだった」

と訊《き》くと、彼女は
「えへへん」と苦もなげに笑った。

その返事ぶりにはもうその先、挑《いど》みかかれない微風《びふう》のような調子があった。また、それを押して訊《き》き進むような母親でもなかった。

「おまえさん、あしたから、お帳場を頼《たの》みますよ」

と言われて、彼女はまた
「えへへん」と笑った。もっとも昔から、肉親同志で心情を打ち明けたり、真面目《まじめ》な相談は何となく双方《そうほう》がテレてしまうような家の中の空気があった。

くめ子は、多少諦《あきら》めのようなものが出来て、今度《こんど》はあまり嫌《いや》がらないで帳場を勤《つと》め出した。


押し迫《せま》った暮《くれ》近い日である。風が坂道の砂《すな》を吹き払って凍《い》て乾《かわ》いた土へ下駄《げた》の歯が無慈《むじ》悲《ひ》に突き当てる。その音が髪の毛の根元に一本ずつ響《ひび》くといったような寒い晩になった。坂の上の交叉点《こうさてん》からの電車の軋《きし》る音が前の八幡宮の境内《けいだい》の木立《こだち》のざわめく音と、風の工合《ぐあい》で混りながら耳元へ摑《つか》んで投げつけられるようにも、また、遠くで盲人《もうじん》が呟《つぶや》いているようにも聞こえたりした。もし坂道へ出て眺《なが》めたら、たぶん下町の灯《ひ》は冬の海のいさり火[*1]のように明滅《めいめつ》しているだろうとくめ子は思った。

客一人帰ったあとの座敷《ざしき》の中は、シャンデリアを包んで煮詰《につ》まった物の匂いと煙草《たばこ》の煙《けむり》とが濛々《もうもう》としている。小女《こおんな》と出前持ちの男は、鍋火鉢《なべひばち》の残り火を石の炉《ろ》に集めて、焙《あた》っている。くめ子は何となく心に浸《し》み込むものがあるような晩なのを嫌《いや》に思い、努《つと》めて気が軽くなるようにファッション雑誌や映画会社の宣伝雑誌の頁《ページ》を繰《く》っていた。店を看板にする十時までにはまだ一時間以上ある。もうたいして客も来まい。店を締《し》めてしまおうかと思っているところへ、年少の出前持ちが寒そうに帰って来た。

「お嬢《じょう》さん、裏《うら》の路地《ろじ》を通ると徳永《とくなが》が、また註文《ちゅうもん》しましたぜ、ご飯つきでどじょう汁《じる》一人前。どうしましょう」

退屈《たいくつ》して事あれかしと待ち構《かま》えていた小女は顔を上げた。

「そうとう、図々《ずうずう》しいわね。百円以上もカケを拵《こしら》えてさ。一文《いちもん》も払わずに、また――」

そして、これに対してお帳場はどういう態度を取るかと窓の中を覗《のぞ》いた。

「困っちまうねえ。でもおっかさんの時分から、言いなりに貸してやることにしているんだから、今日《きょう》もまあ、持ってっておやりよ」

すると炉《ろ》に焙《あぶ》っていた年長の出前持ちが今夜《こんや》に限って頭を擡《もた》げて言った。

「そりゃいけませんよお嬢さん。暮れですからこの辺で一度かたをつけなくちゃ。また来年も、ずるずるべったりですぞ」

この年長の出前持ちは店の者の指導者格《しどうしゃかく》で、その意見は相当採《と》り上げてやらねばならなかった。で、くめ子も「じゃ、ま、そうしよう」ということになった。

茹《ゆ》で出しうどんで狐南蛮《きつねなんばん》を拵《こしら》えたものが料理場から丼《どんぶり》に盛《も》られて、お夜食に店方《みせかた》の者に割り振られた。くめ子もその一つを受け取って、熱い湯気《ゆげ》を吹いている。このお夜食を食べ終わるころ、火の番が廻《まわ》って来て、拍子木《ひょうしぎ》が表の薄硝子《うすガラス》の障子《しょうじ》に響《ひび》けば看板、時間まえでも表戸を卸《おろ》すことになっている。

そこへ、草履《ぞうり》の音がぴたぴたと近づいて来て、表障子がしずかに開いた。

徳永老人の髯《ひげ》の顔が覗《のぞ》く。

「今晩《こんばん》は、どうも寒いな」

店の者たちは知らんふりをする。老人はちょっとみんなの気配《けはい》を窺《うかが》ったが、心配そうな、狡《ずる》そうな小声で
「あの――註文《ちゅうもん》の――ご飯つきのどじょう汁《じる》はまだで――」

と首を屈《かが》めて訊《き》いた。

註文を引き受けてきた出前持ちは、多少間の悪い面持《おもも》ちで
「お気の毒さまですが、もう看板だったので」

と言いかけるのを、年長の出前持ちはぐっと睨《にら》めて顎《あご》で指図《さしず》をする。

「正直なとこを言ってやれよ」

そこで年少の出前持ちはなにぶんにも、一回、わずかずつの金高《かねだか》が、積もり積もって百円以上にもなったからは、この際、若干《じゃっかん》でも入金してもらわないと店でも年末の決算に困ると説明した。

「それに、お帳場も先と違って今はお嬢さんが取り締《し》まっているんですから」

すると老人は両手を神経質に擦《す》り合わせて
「はあ、そういうことになりましてすかな」

と小首を傾《かたむ》けていたが
「とにかく、ひどく寒い。一つ入れていただきましょうかな」

と言って、表障子《おもてしょうじ》をがたがたいわして入って来た。

小女《こおんな》は座布団《ざぶとん》も出してはやらないので、冷たい籐畳《とうだたみ》の広いまん中にたった一人坐《すわ》った老人は寂《さび》しげに、そして審《さば》きを待つ罪人のように見えた。着膨《きぶく》れてはいるが、大きな体格はあまり丈夫《じょうぶ》ではないらしく、左の手を癖《くせ》にして内懐《うちぶところ》へ入れ、肋骨《ろっこつ》の辺を押さえている。

純白になりかけの髪を総髪《そうはつ》に撫《な》でつけ、立派《りっぱ》な目鼻立ちの、それがあまりに整《ととの》い過ぎているので薄倖《はっこう》を想《おも》わせる顔付きの老人である。その儒者風《じゆしやふう》な顔に引きくらべて、よれよれの角帯《かくおび》に前垂《まえだ》れを掛け、坐った着物の裾《すそ》から浅黄《あさぎ》色《いろ》の股引《ももひき》を覗《のぞ》かしている。コールテンの黒《くろ》足袋《たび》を穿《は》いているのまで釣《つ》り合わない。

老人は娘のいる窓や店の者に向かって、始めのうちはしきりに世間の不況《ふきょう》、自分の職業の彫金《ちょうきん》の需要《じゆよう》されないことなどを鹿爪《しかつめ》らしく述べ、したがって勘定《かんじょう》も払えなかった言い訳を吃々《きつきつ》と述べる。だが、その言い訳を強調するために自分の仕事の性質の奇稀性《ききせい》について話を向けて来ると、老人は急に傲然《ごうぜん》として熱を帯《お》びて来る。

作者はこの老人がこの夜に限らず時々得意とも慨嘆《がいたん》ともつかない気分の表象としてする仕方話《しかたばなし》のポーズをここに紹介《しょうかい》する。

「わしのやる彫金《ちようきん》は、ほかの彫金と違って、片切彫《かたきりぼり》*2というのでな。一たい彫金というものは、金《かね》で金《かね》を截《き》る術で、なまやさしい芸ではないな。精神の要《い》るもので、毎日どじょうでも食わにゃまったく続くことではない」

老人もよく老名工などにありがちな、語る目的より語るそのことにわれを忘れて、どんな場合にでもエゴイスチックに一席の独演をする癖《くせ》がある。老人がなおも自分のやる片切彫というものを説明するところを聞くと、元禄《げんろく》の名工、横谷《よこや》宗珉《そうみん》*3、中興《ちゅうこう》の芸であって、剣道で言えば一本勝負であることを得意になって言い出した。

　老人は、左の手に鏨《たがね》を持ち右の手に槌《つち》を持つ形をした。体を定めて、鼻から深く息を吸い、下腹へ力を籠《こ》めた。それは単に仕方を示す真似事《まねごと》には過ぎないが、流石《さすが》にぴたりと形は決まった。柔軟性《じゅうなんせい》はあるが押せども引けども壊《こわ》れない自然の原則のようなものが形から感ぜられる。出前持ちも小女《こおんな》も老人の気配《けはい》から引き緊《し》められるものがあって、炉《ろ》から身体《からだ》を引き起こした。

　老人は厳《おごそ》かなその形を一度くずして、へへへんと笑った。

「普通の彫金なら、こんなにしても、また、こんなにしても、そりゃ小手先《こてさき》でも彫《ほ》れるがな」

　今度《こんど》は、この老人は落語家でもあるように、ほんの二つの手首の捻《ひね》り方と背の屈《かが》め方で、鏨《たがね》と槌《つち》を操《あやつ》る恰好《かっこう》のいぎたなさと浅間《あさま》しさを誇張《こちょう》して相手に受け取らせることに巧《たく》みであった。出前持ちも小女もくすくすと笑った。

「しかし、片切彫《かたきりぼり》になりますと――」

　老人は、再び前の堂々たる姿勢に戻った。瞑目《めいもく》した眼《め》を徐《おもむ》ろに開くと、青蓮華《あおれんげ》のような切れの鋭《するど》い眼から濃《こ》い瞳《ひとみ》はしずかに、斜《なな》めに注《そそ》がれた。左の手をぴたりとひとところにとどめ、右の腕を肩の付根から一ぱいに伸ばして、伸びた腕をそのまま、肩の付根だけで動かして、右の上空より大きな弧《こ》を描《えが》いて、その槌《つち》の拳《こぶし》は、鏨《たがね》の手の拳に打ち卸《おろ》される。窓から覗《のぞ》いているくめ子は、かつて学校で見た石膏模造《せっこうもぞう》の希臘彫刻《ギリシャちょうこく》の円盤投《えんばんな》げの青年像が、その円盤をさし挟《はさ》んだ右腕を人間の肉体機構の最極限の度にまでさし伸ばした、その若く引き緊《しま》った美しい腕をちらりと思い泛《うか》べた。老人の打ち卸す発矢《はっし》とした勢《いきお》いには、破壊《はかい》の憎《にく》しみと創造の歓《よろこ》びとが一つになって絶叫《ぜっきょう》しているようである。その速力には悪魔《あくま》のものか善神《ぜんしん》のものか見判《みわ》けがたい人間離《ばな》れのした性質がある。見るものに無限を感じさせる天体の軌道《きどう》のような弧線を描いて上下する老人の槌の手は、しかしながら、鏨の手にまで届《とど》こうとする一刹那《いちせつな》に、定まった距離《きょり》でぴたりと止まる。そこに何か歯止機《はどめき》が在《あ》るようでもある。芸の躾《しつ》けというものでもあろうか。老人はこれを五、六遍《ぺんく》繰り返してから、体をほぐした。

「みなさん、お判《わか》りになりましたか」

と言う。「ですから、どじょうでも食わにゃ遣《や》りきれんのですよ」

実はこのひとくさりの老人の仕方《しかた》は毎度のことである。これが始まると店の中であることも、東京の山の手であることもしばらく忘れて店の者は、快《こころよ》い危機と常規のある奔放《ほんぽう》の感触に心を奪《うば》われる。あらためて老人の顔を見る。だが老人の真摯《しんし》な話が結局どじょうのことに落ちて来るのでどっと笑う。気まり悪くなったのを押し包んで老人は「また、この鏨《たがね》の刃尖《はさき》の使い方には陰《いん》と陽《よう》とあってな――」と工人《こうにん》らしい自負の態度を取り戻す。牡丹《ぼたん》は牡丹の妖艶《ようえん》ないのち、唐獅子《からじし》の豪宕《ごうとう》*4ないのちをこの二つの刃触《はざわ》りの使い方で刻《きざ》み出す技術の話にかかった。そして、この芸によって生きたものを硬《かた》い板金の上へ産み出して来る過程のいかに味のあるものか、老人は身振りを増《ま》して、滴《したた》るものの甘さを啜《すす》るとろりとした眼付《めつ》きをして語った。それは工人自身だけの娯《たの》しみに淫《いん》したものであって、店の者はうんざりした。だがそういうことのあとで店の者はこの辺が切り上がらせどきと思って

「じゃまあ、今夜《こんや》だけ届《とど》けます。帰って待っといでなさい」

と言って老人を送り出してから表戸を卸《おろ》す。

ある夜も、風の吹く晩であった。夜番の拍子木《ひょうしぎ》が過ぎ、店の者は表戸を卸して湯に出かけた。そのあとを見済《みす》ましでもしたかのように、老人は、そっと潜《くぐ》り戸《ど》を開けて入って来た。

老人は娘のいる窓に向かって坐《すわ》った。広い座敷《ざしき》で窓一つに向かった老人の上にもしばらく、手持ち無沙汰《ぶさた》な深夜の時が流れる。老人は今夜は決意に充《み》ちた、しおしおとした表情になった。

「若いうちから、このどじょうというものはわしの虫が好くのだった。この身体《からだ》のしん、いを使う仕事には始終《しじゅう》、補《おぎな》いのつく食いものを摂《と》らねば業が続かん。そのほかにも、うらぶれ

て、この裏長屋《うらながや》に住み付いてから二十年あまり、鰥夫《やもめ》暮らしのどんな侘《わび》しいときでも、苦しいときでも、柳《やなぎ》の葉に尾鰭《おひれ》の生《は》えたようなあの小魚は、妙《みょう》にわしに食いもの以上の馴染《なじみ》になってしまった」

老人は掻《か》き口説《くど》くようにいろいろのことを前後なく喋《しゃべ》り出した。人に嫉《ねた》まれ、蔑《さげす》まれて、心が魔王《まおう》のように猛《たけ》り立つときでも、あの小魚を口に含《ふく》んで、前歯でぽきりぽきりと、頭から骨ごとに少しずつ嚙《か》み潰《つぶ》して行くと、恨《うら》みはそこへ移って、どことなくやさしい涙が湧《わ》いて来ることも言った。

「食われる小魚も可哀《かわい》そうになれば、食うわしも可哀そうだ。誰《だれ》も彼もいじらしい。ただ、それだけだ。女房《にょうぼう》はたいして欲しくない。だが、いたいけなものは欲しい。いたいけなものが欲しいときもあの小魚の姿を見ると、どうやら切《せつ》ない心も止まる」

老人はついに懐《ふところ》からタオルのハンケチを取り出して鼻を啜《すす》った。「娘のあなたを前にしてこんなことを言うのは宛《あ》てつけがましくはあるが」と前置きして「こちらのおかみさんは物の判《わか》った方でした。以前にもわしが勘定《かんじょう》の滞《とどこお》りに気を詰まらせ、おずおず夜、遅く、このようにしてたびたび言い訳に来ました。すると、おかみさんは、ちょうどあなたのいられるその帳場に大儀《たいぎ》そうに頬杖《ほおづえ》ついていられたが、少し窓の方へ顔を覗《のぞ》かせて言われました。徳永さん、どじょうが欲しかったら、いくらでもあげますよ。決して心配なさるな。

その代わり、おまえさんが、一心うち込んでこれぞと思った品《しな》が出来たら勘定の代わりなり、またわたしから代金を取るなりしてわたしにおくれ。それでいいのだよ。ほんとにそれでいいのだよと、繰《く》り返して言ってくださった」老人はまた鼻を啜った。

「おかみさんはそのときまだ若かった。早く婿取《むこと》りされて、ちょうど、あなたぐらいな年ごろだった。気の毒に、その婿は放蕩者《ほうとうもの》で家を外に四谷《よつや》、赤坂《あかさか》と浮名《うきな》を流して廻《まわ》った。おかみさんは、それをじっと堪《た》え、その帳場から一足も動きなさらんかった。たまには、人に縋《すが》りつきたい切《せつ》ない限りの様子も窓越しに見えました。そりゃそうでしょう。人間は生身ですから、そうむざむざ冷たい石になることも難《むずか》しい」

徳永もその時分は若かった。若いおかみさんが、生埋《いきう》めになって行くのを見兼《みか》ねた。正直のところ、窓の外へ強引に連れ出そうかと思ったことも一度ならずあった。それと反対に、こんな半木乃伊《はんミイラ》のような女に引っかかって、自分の身をどうするのだ。そう思って逃げ出しかけたこともたびたびあった。だが、おかみさんの顔をつくづく見るとどちらの力も失《う》せた。おかみさんの顔は言ってい《く》た――自分がもし過《あやま》ちでもしでかしたら、報《むく》いても報いても取り返しのつかない悔いがこの家から永遠に課されるだろう、もしまた、世の中に誰一人《だれひとり》、自分に慰《なぐさ》め手《て》がなくなったら自分はすぐ灰のように崩《くず》れ倒れるであろう

「せめて、いのちの息吹《いぶ》きを、回春《かいしゅん》の力を、わしはわしの芸によって、この窓から、だんだん化石して行くおかみさんに差し入れたいと思った。わしはわしの身のしんを揺《ゆ》り動かして鏨《たがね》と槌《つち》を打ち込んだ。それには片切彫《かたきりぼり》にしくものはない」

おかみさんを慰《なぐさ》めたさもあって骨折るうちに知らず知らず徳永は明治の名匠加納夏雄《かのうなつお》＊5以来の伎倆《ぎりょう》を鍛《きた》えたと言った。

だが、いのちが刻《きざ》み出たほどの作は、そう数多く出来るものではない。徳永は百に一つをおかみさんに献《けん》じて、これに次《つ》ぐ七、八を売って生活の資にした。あとの残りは気に入らないといって彫《ほ》りかけの材料をみな鋳直《いなお》した。「おかみさんは、わしが差し上げた簪《かんざし》を頭に挿《さ》したり、抜いて眺《なが》めたりされた。そのときは生々しく見えた」だが徳永は永遠に隠《かく》れた名工である。それは仕方がないとしても、歳月は酷《むご》いものである。

「はじめは高島田《たかしまだ》にも挿《さ》せるような大平打《おおひらうち》の銀簪《ぎんかんざし》にやなぎ桜《ざくら》と彫《ほ》ったものが、丸髷《まるまげ》用の玉かんざしのまわりに夏菊《なつぎく》、ほととぎすを彫るようになり、細づくりの耳掻《みみか》きかんざしに糸萩《いとはぎ》、女郎花《おみなえし》を毛彫《けぼ》りで彫るようになっては、もうたいして彫るせきもなく、一番しまいに彫って差し上げたのは二、三年まえの古風な一本足のかんざしの頸《くび》に友呼ぶ千鳥《ちどり》一羽のものだった。もうまったく彫るせきはない」

こう言って徳永はまったくたくたりとなった。そして「実を申すと、勘定《かんじょう》をお払いする目当てはわしにもうありませんのです。身体《からだ》も弱りました。仕事の張り気も失《う》せました。永《なが》いこともないおかみさんは簪《かんざし》はもう要《い》らんでしょうし。ただただ永年夜食として食べ慣《な》れたどじょう汁《じる》と飯一椀《めしひとわん》、わしはこれを摂《と》らんと冬のひと夜を凌《しの》ぎかねます。朝までに身体が凍《こご》え痺《しび》れる。わしら彫金師《ちょうきんし》は、一たがね一期《いちご》です。明日のことは考えんです。あなたが、おかみさんの娘ですなら、今夜《こんや》も、あの細い小魚を五、六ぴき恵んでいただきたい。死ぬにしてもこんな霜《しも》枯れた夜は嫌《いや》です。今夜、一夜は、あの小魚のいのちをぽちりぽちりわしの骨の髄《ずい》に嚙《か》み込んで生き伸びたい――」

徳永が嘆願《たんがん》する様子は、アラブ族が落日《らくじつ》に対して拝するように心もち顔を天井に向け、狛犬《こまいぬ》のように蹲《うずくま》り、哀訴《あいそ》の声を呪文《じゅもん》のように唱《とな》えた。

くめ子は、われとしもなく帳場を立ち上がった。妙《みょう》なものに酔《よ》わされた気持ちでふらりふらり料理場に向かった。料理人は引き上げて誰もいなかった。生洲《いけす》に落ちる水の滴《したた》りだけが聴《き》こえる。

くめ子は、一つだけ捻《ひね》ってある電灯の下を見廻《みまわ》すと、大鉢《おおはち》に蓋《ふた》がしてある。蓋を取ると明日の仕込みにどじょうは生酒《きざけ》*6に漬けてある。まだ、よろりよろり液体の表面へ頭を突き上げているのもある。日ごろは見るも嫌《いや》だと思ったこの小魚が今は親しみやすいものに見える。くめ子は、小麦色の腕を捲《まく》って、一ぴき二ひきと、柄鍋《えなべ》の中へ移す。握《にぎ》った指の中で小魚はたまさか蠢《うごめ》く。すると、その顫動《せんどう》が電波のように心に伝わって刹那《せつな》に不思議な意味が仄《ほの》かに囁《ささや》かれる——いのちの呼応《こおう》。

くめ子は柄鍋《えなべ》に出汁《だし》と味噌汁《みそしる》とを注いで、ささがし牛蒡《ごぼう》*7を抓《つま》み入れる。瓦斯《ガス》こんろで掻《か》き立てた。くめ子は小魚が白い腹を浮かして熱く出来上がった汁を朱塗《しゅぬり》の大椀《おおわん》に盛《も》った。山椒《さんしょう》一つまみ蓋《ふた》の把手《とって》に乗せて、飯櫃《めしびつ》と一緒に窓から差し出した。

「ご飯はいくらか冷たいかも知れないわよ」

老人は見栄《みえ》も外聞《がいぶん》もない悦《よろこ》び方で、コールテンの足袋《たび》の裏《うら》を弾《は》ね上げて受け取り、仕出しの岡持《おかもち》を借りて大事に中へ入れると、潜《くぐ》り戸《ど》を開けて盗人《ぬすびと》のように姿を消した。

不治《ふじ》の癌《がん》だと宣告されてからかえって長い病床《びょうしょう》の母親は急に機嫌《きげん》よくなった。やっと自儘《じまま》に出来る身体《からだ》になれたと言った。早春の日向《ひなた》に床《とこ》をひかせて起き上がり、食べたいと思うものをあれやこれや食べながら、くめ子に向かって生涯《しょうがい》に珍《めずら》しく親身《しんみ》な調子で言った。

「妙《みょう》だね、この家は、おかみさんになるものは代々亭主《ていしゅ》に放蕩《ほうとう》されるんだがね。あたしのお母さんも、それからお祖母《ばあ》さんもさ。恥かきっちゃないよ。だが、そこをじっと辛抱《しんぼう》してお帳場に噛《かじ》りついていると、どうにか暖簾《のれん》もかけ続けて行けるし、それとまた妙なもので、誰《だれ》か、いのちを籠《こ》めて慰《なぐさ》めてくれるものが出来るんだね。お母さんにもそれがあったし、お祖母さんにもそれがあった。だから、おまえにも言っとくよ。おまえにももしそんなことがあっても決して落胆《らくたん》おしでないよ。今から言っとくが――」

母親は、死ぬ間際《まぎわ》に顔が汚《きたな》いと言って、お白粉《しろい》などで薄《うす》く刷《は》き、戸棚《とだな》の中から琴柱《ことじ》*8の箱を持って来させて

「これだけがほんとに私が貰《もら》ったものだよ」

そして箱を頬《ほお》に宛《あ》てがい、さも懐《なつ》かしそうに二つ三つ揺《ゆ》する。中で徳永の命をこめて彫《ほ》ったというたくさんの金銀簪《きんぎんかんざし》の音がする。その音を聞いて母親は「ほ　ほ　ほ　ほ」と含《ふく》み笑いの声を立てた。それは無垢《むく》に近い娘の声であった。

宿命に忍従《にんじゅう》しようとする不安で逞《たくま》しい勇気と、救いを信ずる寂《さび》しく敬虔《けいけん》な気持ちとが、その後のくめ子の胸の中を朝夕に縺《もつ》れ合う。それがあまりに息詰まるほど嵩《かさ》まると彼女はその嵩を心から離《はな》して感情の技巧《ぎこう》の手先で犬のように綾《あや》なしながら、うつらうつら若さをおもう。ときどきは誘《さそ》われるまま、常連の学生たちと、日の丸行進曲を口笛《くちぶえ》で吹きつれて

坂道の上まで歩き出てみる。谷を越した都《みやこ》の空には霞《かすみ》が低くかかっている。

くめ子はそこで学生がくれるドロップを含《ふく》みながら、もし、この青年たちの中で自分に関《かか》わりのあるものが出るようだったら、誰《だれ》が自分を悩《なや》ます放蕩者《ほうとうもの》の良人《おっと》になり、誰が懸命《けんめい》の救い手になるかなどと、ありのすさび*9の推量ごとをしてやや興《きょう》を覚える。だが、しばらくすると
「店が忙《いそが》しいから」

と言って袖《そで》で胸を抱いて一人で店へ帰る。窓の中に坐《すわ》る。

徳永老人はだんだん痩《や》せ枯《が》れながら、毎晩必死とどじょう汁《じる》をせがみに来る。


（一九三九年一月）

娘《むすめ》

パンを焼く匂《にお》いで室子《むろこ》は眼《め》が醒《さ》めた。室子はそれほど一晩のうちに空腹になっていた。腹部の頼《たよ》りなさが擽《くすぐ》られるようである。くく、くく、という笑いが、鳩尾《みずおち》から頸《くび》を上って鼻へ来る。それが逆に空腹に響《ひび》くとまたおかしい。くく、くく、という笑いがとめどもなく起こる。室子は、自分ながら、どうしたことかと下唇《したくちびる》を痛いほど噛《か》んで笑いを止め、五尺《しゃく》三寸《ずん》の娘の身体《からだ》を、寝床《ねどこ》から軽く滑《すべ》り下ろした。

日本橋《にほんばし》、通《とおり》四丁目の鼈甲屋《べっこうや》鼈長《べっちょう》の一人娘で、スカル*1の選手室子は、このごろまた、隅《すみ》田《だ》川岸の橋場《はしば》の寮《りょう》に来ていた。

窓のカーテンを開ける。

水と花が、一度に眼《め》に映る。隅田川は、いま上《あ》げ汐《しお》である。それがほぼ八分の満潮であることは「スカルの漕《こ》ぎ手《て》」室子には一眼《ひとめ》で判《わか》る。

対岸の隅田公園の桜《さくら》は、若木ながら咲き誇《ほこ》っている。室子が、毎年見る墨水《ぼくすい》の春ではあるが、今年はまた、鮮《あざ》やかだと思う。

今戸《いまど》橋《ばし》、東詰《ひがしづめ》の空の霞《かすみ》の中へ、玉子の黄身をこめたような朝日が、これから燃えようとして、まだ、くぐもっている。その光線が流れを染《そ》めた加減《かげん》か、岸近い水にちろちろ影《かげ》

を浸《ひた》す桜のいろが、河底《かわぞこ》の奥深いところに在《あ》るように見える。

黄薔薇色《きばらいろ》に一幅曳《いっぷくひ》いている中流の水靄《みずもや》の中を、鐘ケ淵《かねがふち》へ石炭を運ぶ汽艇《きてい》付きの曳舟《ひきふね》が鼓《こ》動《どう》の音を立てて行く。鷗《かもめ》の群《むれ》が、むやみに上流へ押しあげられては、飛び揚《あが》って汐上《しおあ》げの下流へ移る。それを何度も繰《く》り返している。

室子は頰《ほお》を撫《な》でても、胸の皮膚《ひふ》を撫でても、小麦いろの肌《はだ》の上へ、うすい脂《あぶら》が、グリスリン*2のように滲《にじ》み出ているのを、掌《てのひら》で知り、たった一夜の中にも、こんなに肉体の新陳《しんちん》代謝《たいしゃ》の激《はげ》しい自分を、まるで海驢《あしか》のようだと思った。(事実海驢はそういう生理の動物かどうか知らなかったけれど)室子は、シュミーズを脱《ぬ》いで、それで身体《からだ》を拭《ぬぐ》い捨《す》て、頭を振って、髪の縺《もつ》れを振り放《はな》ちながら、今朝《けさ》の空腹の原因を突き止めた。

いくら上品《じょうひん》にするといっても、昨夜の結婚披露会《ひろうかい》のあの食事は、少し滑稽《こっけい》だ。皿には、デコレーションの嵩《かさ》ばかりで、実になるものはごくすくない。室子は、それに遺憾《いかん》の気持ちが多かったため、かなりたくさん招《まね》かれた花嫁《はなよめ》の友人の皆が既婚者《きこんしゃ》であり、自分一人が独身であったということさえ、あまり気にならなかった。かえって傍《そば》の者達が、室子一人の独身であることを意識してかかっている様子を見せたり、おしゃまな級友は、口に出して遠廻《とおまわ》しに、あまり相手を選み過ぎるからだなどと非難《ひなん》した。だが室子は、そういう人事の刺戟《しげき》は、自分の張り切った肉体の表面だけで滑《すべ》ってしまって、心に跡《あと》を残さないのを知っている。

玄関の方に自動車の止まる音がして、やがて階段の下で、義弟に当たる七つの蓑吉《みのきち》の声がする。

「姉ちゃん、お見舞《みま》いに来たよ。おもちゃ持って来てやったぞ」

「いま、階下《した》へ降りて行きます、上がって来ないでよ——」

室子は、急いで降りて、蓑吉が階段へ一足かけているのを追い戻して、一緒に階下の座《ざ》敷《しき》へ伴《つ》れて行った。

湯殿《ゆどの》で身体《からだ》と顔を洗って来て見ると、蓑吉は座敷のまん中へ、女中にほぐしてもらった包みから、たくさんのおもちゃを取り出して並《なら》べている。

郊外にいる室子の父の妾《めかけ》の子でありながら、しじゅう、通油町《とおりあぶらちょう》の本宅の家の子として引き取られている蓑吉は、折を見つけては姉のいるこの橋場の寮《りょう》へ遊びに来たがっている。室子がこの間じゅう、ちょっと風邪《かぜ》をひいたと昨日言伝《ことづ》けたのを口実に、蓑吉はさっそく母親にせがんで、見舞《みま》いに来さしてもらったのだった。

室子は縁側《えんがわ》の籐椅子《とういす》で、女中を相手に、朝飯《あさめし》を食べながら
「蓑《みの》ちゃんは可笑《おか》しい。姉ちゃんはもう、とっくに風邪《かぜ》なおって起きちまってるのに見舞《みま》いに来るなんて」

「でも、来てやったんだい」

蓑吉は、こまごましたおもちゃを並べるのに余念《よねん》がない。

「それ、姉ちゃんのお見舞いにくれたのね、自分で買って来たの」

「ああ」

「それを買うおあし、お母さんにいくら貰《もら》ったの」

「二円だい」

女中がきゅうきゅう笑った。

「すまないわね、そんなにたくさん蓑ちゃんからいただいちゃ」

室子は、とぼけた声で、いって見せた。

すると蓑吉は、欲望を割引しなければならない切《せつ》ない苦痛で顔が真っ赤になり、物事を決断しかねるときのこの子の癖《くせ》のしきりにもどかしそうに両手で脇腹《わきばら》を掻《か》く仕草《しぐさ》をしたあと、意気地《いくじ》のない声を出した。

「姉ちゃんにみんなやんの嫌《いや》だあ」

それから蓑吉は人を嫌《すか》すときの声を作って
「姉ちゃん、これ、いっちいいの、ひとつあげる」

セルロイドのちっぽけなお酌人形《しゃくにんぎょう》だった。

「あら、驚いた。あと、みんな、あんたのに取っちゃうの」

室子はわざと驚いたふうをすると、女中がまたきゅうきゅうと笑う。蓑吉はもう大胆《だいたん》に取り澄《す》まして、分取《ぶんど》ったおもちゃを並べるのに余念ないふうをしている。

室子の父の妾の子である蓑吉は、乳離《ちちばな》れするころ、郊外の妾の家から通油町の本宅へ引取られた。蓑吉は、実母である妾のお咲《さき》が時折実家へ来て「坊《ぼっ》ちゃん」といって自分に侍《かしず》いても、実母とはうすうす知っていながら別に何ともない顔をしている。用をしてもらうときには、室子の父母が呼ぶように、実母を「お咲、お咲」と平気で呼びつけにする。それで実母も何ともない性質の女で、はいはいと気さくに用事を足している。

室子は、案外《あんがい》その人情離《ばな》れのしている母子風景が好きだった。霙《みぞれ》で、電灯の灯《ひ》もうるむかと思われるような暗鬱《あんうつ》な冬の夕暮《ゆうぐれ》であった。蓑吉は本宅の茶《ちゃ》の間《ま》の炬燵《こたつ》へちょこなんと這入《はい》って、しきりに戦争の絵本かなにかに見耽《みふけ》っている。お咲が下町へ買物に来たついでだといって見廻って来た。みやげの菓子袋《かしぶくろ》を前に置いていつもの通り蓑吉の小さい耳のほとりで挨拶《あいさつ》した。本に気を取られている蓑吉はお咲に見向きもしないでそのまま本に気をとられている様子だった。だが、室子の母親が出て来て、も一度、菓子袋をお咲がその方へ「粗末《そまつ》なおみやげ」といってさし出した。紙袋がごそごそといって、蓑吉の傍《そば》へよけい近よると、蓑吉は手だけ延ばした。体はもとの炬燵の中のまま顔も本の方へやはり向いているのである。ただ手だけが小さい腕をぐうっと延ばして菓子袋に届《とど》き、蓑吉は上手《じょうず》に袋の口からなかの菓子を一つ握み出そうとした。

お咲に妙《みょう》な気持ちが込み上げた。

「こら、何です、この子は」

お咲は、思わず地声で叫んだ。吃驚《びっくり》して実母を見た蓑吉の手は怯《おび》えにかじかんで、すぐには蓑吉の体の方へさえ帰って行かなかった。お咲はすぐ傍《そば》に室子の母親のいるのに気付き、普段に戻って、からからと笑った。涙も繻袢《じゅばん》の袖口《そでぐち》でちょっと抑《おさ》えてしまったが、蓑吉と同じ炬燵《こたつ》にいた室子は、この光景を見て、何ともしようのない、人間の不如意《ふにょい》の思いが胸に浸《し》み入《い》った。

だがしばらくすると蓑吉は、また今度《こんど》は、ちょっとお咲の顔を見ては、やっぱり、菓子袋へ手を出していた。

そうかといって室子の見る蓑吉は、手の中の珠《たま》のように可愛《かわい》がる室子の両親に特になつくというわけでもなかった。何か一人で工夫《くふう》して、一人で梯子段《はしごだん》の下で、遊んでいるような子供だった。

寮では、今朝《けさ》、子供の食べるような菓子は切らしていた。だが蓑吉はひとわたり玩具《がんぐ》をいじり廻《まわ》してしまうと鼻声になり
「何かくれない。お菓子」

と立ち上がって来た。

室子はしかたなく蓑吉を膝《ひざ》に凭《もた》せながら、午前九時ごろの明るさを見せて来た隅田川の河《かわ》づらを覗《のぞ》いた。

「蓑ちゃん、長命寺《ちょうめいじ》のさくら餅屋《もちや》*3知ってる」

「ああ知ってるよ。向《むこ》う河岸《がし》の公園出てすぐだろ」

「じゃ、一人で白鬚《しらひげ》の渡《わた》し渡って買ってらっしゃい。行ける？」

蓑吉は、この冒険旅行に異常《いじょう》な情熱を沸《わ》かしたらしい。いきなり室子の膝《ひざ》から離《はな》れると
「行けなくってえ――あんなとこ」

捌《さば》けた下町っ子らしい気魄《きはく》を見せた。

実母にさえ、あんな傲慢《ごうまん》なこの子に案外《あんがい》弱気なところがある。室子はそこをちょっと突いても見たかった。何か、悄然《しょうぜん》としたあわれさをこの子から感じたかった。

だが、女中に銀貨《ぎんか》と小銭《こぜに》を貰《もら》って出て行く蓑吉の後ろ姿を見送りながら、室子は急に不《ふ》憫《びん》になった。だが口では冗談《じょうだん》らしく

「蓑ちゃん。船から落っこっても、大丈夫ね、犬掻《いぬか》きくらいは出来るわね」

蓑吉はもう、行手《ゆくて》に心を蒐《あつ》めていた。で
「なんだい、河《かわ》じゅうみんな泳げら」

爺《じい》やの直す下駄《げた》を穿《は》いて出かけて行く蓑吉のあとから、爺やはあははと笑った。

室子は手早く漕艇用《そうていよう》のスポーツ・シャツに着換《きが》えた。

逞《たくま》しい四肢《しし》が、直接に外気に触《ふ》れると、彼女の世界が変わった。それは新しい世界のようでもあり、懐《なつ》かしい故郷のようでもあった。肉体と自然の間には、人間の何物も介在《かいざい》しなかった。

室子は、寮《りょう》の脇《わき》の藤棚《ふじだな》を天井にした細い引き堀《ほり》へと苔《こけ》の石段を下った。室子はスカールの覆《おお》い布《ぬの》を除《と》って、レールの端《はし》を頭で柔《やわ》らかく受けとめた。両手でリガー[4]を支えてバランスに気を配《くば》りながら、巧《たく》みに艇身《ていしん》を廻転《かいてん》させつつ渚《なぎさ》へ卸《おろ》した。そのまま川に通ずる石垣《いしがき》の角まで、引っぱって行く。オールを入れて左右のハンドルを片手で握《にぎ》りながら素早くシートへ彼女は腰を滑《すべ》り込ます。ローロック[5]のピンを捻《ね》じると、石垣へ手をやり、あと先を見計《みはか》らって艇を水のなかへ押し出した。

もの馴《な》れた敏捷《びんしょう》な所作《しょさ》だった。長さ二十五フィート、重量五貫目のスカールは、縦横に捌《さば》かれ、いま一葉《いちよう》の蘆《あし》の葉《は》となって、娘の雄偉《ゆうい》な身体《からだ》を乗せている。室子はオールでバランスを保ちながら、靴の紐《ひも》を手早く結《むす》ぶ。朝風が吹く。

室子の家の商売の鼈甲細工《べっこうざいく》が、いちばん繁昌《はんじょう》した旧幕《きゅうばく》のころ、江戸大通《だいつう》*6の中に数えられていた室子の家の先代は、この引き堀に自前持ちの猪牙船《ちょきぶね》を繋《つな》いで深川《ふかがわ》や山谷《さんや》へ通った。

室子の家の商品の鼈甲《べっこう》は始め、玳瑇《たいまい》と呼ばれていた。徳川《とくがわ》、天保《てんぽう》の改革に幕府から厳しい奢侈《しゃし》禁止令が出て女の髪飾《かみかざ》りにもいわゆる金銀玳瑇はご法度《はっと》であった。すると、市民達は同じ玳瑇《たいまい》に鼈甲《べっこう》という名をつけて用《もち》いた。室子の家の店はその前からあったが、鼈甲という名で呼ばれ始めたのはこのころからであった。明治初期に、鹿鳴館《ろくめいかん》時代という洋化時代があった。上流の夫人令嬢《れいじょう》は、洋髪洋装《ようはつようそう》で舞踏会《ぶとうかい》に出た。庶民もこれに倣《なら》った。日本髪用の鼈甲を扱《あつか》って来た室子の店は、このとき多大の影響《えいきょう》を受けた。明治中期の末から洋髪が一般化されるにつけ、鼈甲類はいよいよ思わしくない。室子の父はこれに代わる道を海外貿易に求めた。近ごろになっては、昭和五年に世界各国は金禁止*7に伴《ともな》って関税障壁《かんぜいしょうへき》を競《きそ》い出した。鼈長の拓《ひら》きかけた鼈甲製品の販路もほとんど閉ざされた。支那事変《しなじへん》の影響は、一方、日本趣味《しゅみ》の復活に結婚式の櫛笄《くしこうがい》等に鼈甲の需要《じゅよう》をまた呼び起こしたとともに、一方大陸への捌《は》け口《ぐち》はとまった。商売は、痛し痒《かゆ》しの状態であった。

一ばん大敵なのは七、八年前から特に盛《さか》んになった模造品《もぞうひん》の進出であった。だんだん巧《こう》妙《みょう》な質のものが出て来た。室子の父も、商売には抜からないつもりで、模造品も扱《あつか》っているが、根に模造品に対する軽蔑《けいべつ》があるのが商法のどこかに現れ、時代的新店の努力には敵《かな》わない。結局店を小規模にして、自分に執着のある本鼈甲《ほんべっこう》の最高級品だけを扱う道を執《と》ろうと決めている。娘の室子のことについては、今さら婿養子《むこようし》をとっても、家業が家業《かぎょう》なり、室子の性質なりで、うまくは行くまいとの明《めい》だけは両親に在《あ》った。蓑吉を仕込んで小規模に家業を継《つ》がせ、望み手もあらば室子は嫁《よめ》に出す考えである。見合いの口が二つ三つあった。

母親がわが事のように意気込《いきご》んで、見合いの日室子を美容術師へ連れて行き、特別誂《あつら》えの着物を着せた。普通の行《ゆ》き丈《たけ》や身幅《みはば》ものでも、この雄大《ゆうだい》な娘には紙細工《かみざいく》の着物のように見えた。出来上がった娘の姿を見て「この娘には、まるで女の嬌態《しな》が逆についている」と母親が、がっかりした。けれども、美容師の蔦谷《つたや》女史は、心から感嘆《かんたん》の声を放《はな》った。そして、ぜひ、写真を撮《と》らして欲しいと望んだ。だが、室子がそれを断った。

見合いは順当に運んだ。付き添《そ》って行った母親の眼《め》にも落度《おちど》はないように思われた。

ところが翌日仲介者《ちゅうかいしゃ》が断りに来た。

「なにぶんにも、お立派《りっぱ》過ぎると、あちらは申すんで――」

「立派すぎるなんて、そんな断りようがあるか」

父親は巻煙草《まきたばこ》を灰皿にねじ込んで怒《おこ》った。

室子はもう一度見合いをさせられた。それは口実なしに先方が返事を遷延《せんえん》してしまった。室子はそういう場合、得体《えたい》の知れぬ屈辱《くつじょく》感で憂鬱《ゆううつ》になる。そして、自分に何か余計《よけい》なものかもしくは足りないもののありそうな遺憾《いかん》が間歇泉《かんけつせん》のように胸に吹き上がる。けれども、それは直接男性というものに対する抗議にはならなかった。彼女は男性というものには、コーチの松浦《まつうら》を通して対している。

この洋行帰りの青年紳士は、室子の家の遠縁《とおえん》に当たり、かつて彼女をスカルへ導《みちび》き、彼女に水上選手権を得させ、スポーツの醍醐味《だいごみ》も水の上の法悦《ほうえつ》も、共に味わせてくれた男だった。

親切で厳しく、大事な勝負には一しょに嘆《なげ》いたり悦《よろこ》んだりしてくれる。艇《てい》を並《なら》べて漕《こ》ぎ進む。すると松浦は微笑《びしょう》の唇《くちびる》に皮肉《ひにく》なくびれを入れながら漕ぎ越す。擬敵《ぎてき》に対する軽い憎《にく》しみはやがて力強い情熱を唆《そそ》って漕ぎ勝とうと彼女を一心にさせる。また松浦が漕ぎ越す。一進一退のピッチはやがて矢を射《い》るよりも速くなっても、自分には同じ水の上に松浦の艇と自分の艇とが一、二メートルずつ競《せ》り合っているに過ぎない感じだ。精神の集注《しゅうちゅう》は、彼女を迫《せま》った意識の世界へ追い込む。両岸、橋、よその船など、舞台の空幕のように注意の外に持ち去られる。ひょっとして競漕《きょうそう》の昂揚点《こうようてん》に達すると、颱風《たいふう》の中心の無風帯《むふうたい》とも見るべきところの意識へ這入《はい》る。ひとの漕ぐ艇、わが漕艇《そうてい》と意識の区別はまったく消え失《う》せ、ただ一つのものが漕いでいる。無限の空間にたった一つの青春がすいすいと漕いでいる。いつのころから漕ぎ出したか、いつのころには漕ぎ終わるか、それも知らない。ただ漕いでいる。石油色に光る水上に、漕いでいる。

ふと投網《とあみ》の音に気が逸《そ》れて、意識は普通の世界に戻る。彼女はほっとして松浦を見る。松浦も健康な陶酔《とうすい》から醒《さ》めて、力の抜けた微笑《びしょう》を彼女に振り向けている。

艇の惰力《だりょく》で、青柳《あおやなぎ》の影《かげ》の濃《こ》い千住大橋《せんじゅおおはし》の袂《たもと》へ近づく。彼女は松浦とそこから岸へ上がって、鮒《ふな》の雀焼《すずめやき》＊8を焼く店でお茶を貰《もら》って、雀焼を食べたことを覚えている。

松浦はなつかしい。だが、それは水の上でだけである。陸の上で会う松浦は、単にS会社の平凡で勤勉な妻子持ちの社員だけである。水の上であの男に感じる匂《にお》いや、神秘はどこへ消えるか、彼は二つ三つ水上の話を概念《がいねん》的に話したあとは、額《ひたい》に苦労波を寄せて、忙《いそが》しい日常生活の無味を語る。彼女に何か、男というものの気の毒さを感じさせる。その同情感は、一般勤労者である男性にも通じるものであろう。

室子は、隅田川を横切って河流《かりゅう》の速い向島側《むこうじまがわ》に近く艇《てい》を運んで、桜餅《さくらもち》を買って戻る蓑吉を待っていた。

　水飴色《みずあめいろ》のうららかな春の日の中に両岸の桜は、貝殻細工《かいがらざいく》のように、公園の両側に掻《か》き付いて、漂白《ひょうはく》の白さで咲いている。今戸橋《いまどばし》の橋梁《きょうりょう》の下を通して「隅田川十大橋」[*9]中の二つ三つが下流に臙脂色《えんじいろ》に霞《かす》んで見える。鐘《かね》が鳴ったが、その浅草寺《せんそうじ》の五重塔は、今戸側北岸の桜や家並《やなみ》に隠《かく》れて彼女の水上の位置からは見えない。小旗《こばた》を立て連《つら》ねた松屋《まつや》百貨店《ひやっかてん》の屋上運動場の一角だけが望まれる。崖普請《がけぶしん》をしている待乳山聖天《まつちやましょうでん》から、土運び機械の断続定まらない鎖《くさり》の音が水を渡って来る。

　室子は茶の芽生えに萌黄色《もえぎいろ》になりかけの堤《つつみ》を見ながら「いまにあの小さい蓑吉が、桜《さくら》餅《もち》の籠《かご》を提《さ》げて帰って来る――」と水の上で考えている。小さい足はよろめいて、二、三度可愛《かわ》ゆい下駄《げた》の音を立てるだろう。あまり往来《おうらい》の多くないこの渡し船に乗客は、ひょっとしたら蓑吉一人かも知れない。蓑吉は一人使いの手柄《てがら》を早く姉に誇《ほこ》ろうと気負い込み、一心に顔を緊張《きんちょう》させ、眼《め》は寮《りょう》の方ばかり見つめるだろう。そして船頭に渡し賃《ちん》をいわれて小銭《こぜに》を船頭の掌《てのひら》に渡すあの子は、もう一度船頭の掌の中の小銭を覗《のぞ》き込むだろう。あの子は多少ケチな性分《しょうぶん》だから――ちょうどそのころを見計《みはか》らって、自分が知らん顔をして、艇を渡し船と平行に、すいすい持って行く。それを発見したときの蓑吉の愕《おどろ》きと悦《よろこ》びはどんなだろう。あの「小さき者」は何というだろう。

こんな子供っぽいことに、最大の情熱を持つ今の自分は、普通の女の情緒《じょうちょ》を、スポーツや勝負の激《はげ》しさで擦《す》り切ってしまったのかしらん。

だが、何にしても子供は可愛《かわ》ゆい。男はとにかく、子供だけは持ちたいものだ——室子は、流れの鷗《かもめ》の翼《つばさ》と同じ律《りつ》に櫂《かい》をフェーザー[*10]しては蓑吉を待っていた。

堤《つつみ》を見つめている室子の狭《せば》めた視野にも、一艘《そう》のスカールが不自然な角度で自分の艇《てい》に近付いて来たことを感じた。彼女は「また源五郎《げんごろう》かしらん」と思った。金魚や鮒《ふな》の腹に食いつく源五郎虫のように、彼女達は水上で不良の男達の艇にねばられることがあった。彼女たち娘仲間の三、四人は、これに「源五郎」と符牒《ふちょう》をつけていた。

彼女がいま近づいて来た相手をくわしく観察する暇《いとま》もないほど素早く近寄って来たスカールの上の青年の気配《けはい》が、彼女に異常《いじょう》に伝わった。その大きな瞳《ひとみ》といわず、胸、肩といわず、それは電気性のものとなって、びりびり彼女を取り込め、射《い》竦《すく》ますような雰囲《ふんい》気《き》を放《はな》った。あの競漕《きょうそう》の最中に、しばしば襲《おそ》って来るあの辛《つら》いとも楽しいともいいようのない極限感《きょくげんかん》が、たちまち彼女の心身を占《し》めて、彼女を痺《しび》らす。彼女に生まれてはじめてこんな部分もあったかと思われる別な心臓の蓋《ふた》が開けられて、恥ずかしいとも生々しいともいいようのない不安な感じと一緒にそこを相手から覗《のぞ》き込まれた。

彼女はうろたえた。咽喉《のど》だけで「あっ」といった。オールもまちまちに河下《かわしも》の方へ艇頭《ていとう》を向けると、下《さ》げ潮《しお》に乗って、逃げ出した。するとその艇も逃《のが》さず追って来た。ふだんから室子は結局のところは男に敵《かな》わないと思っていたが、この青年は抜群《ばつぐん》の腕と見えて、彼女の左舷《さげん》の方に漕《こ》ぎ出ると、オールへ水の引っ掛け方も従容《しょうよう》と、室子の艇の、左舷の四分の一の辺へ、艇頭を定めると、ほとんど半メートルの差もなく漕ぎ連れて来る。その漕ぎ連れ方には愛の力が潜《ひそ》んでいて、それを少しずついたわりに変え、女を脅《おびや》かさぬように気をつけながらおうように力を消費して行くかのようである。

青年の人柄《ひとがら》も人柄なら、その伎倆《ぎりょう》にも女の魂《たましい》を底から揺《ゆ》り動かす魅力《みりょく》があった。室子がいくら焦《あせ》って漕いでも、相手の艇頭《ていとう》はぴたと同じところにある。恥ずかしさと嬉《うれ》しさに、肉体は溶けて行くようだった。

それだけ彼女には異常《いじょう》な圧迫感が加わる。今まで、自由で、独自で自然であった自分が手もなく擒《とりこ》にされるのだ。添《そ》えものにされ、食われ、没入《ぼつにゅう》されてしまうのだ。

何と、うしろからバックされて行く自分の姿のみじめなことよ。今まで誇《ほこ》っていた伎倆《ぎりょう》の覚束《おぼつか》ないことよ。自分の漕《こ》いで行く姿が、だんだん畸形《きけい》になることが、はっきり自分に意識される。

二つの橋が、頭の上を夢の虹《にじ》のように過ぎる。室子は疲れにへとへとになり、気が遠くなりながら、身も心も少女のようになって、後からの強い力に追われて行く——この追い方は只事《ただごと》ではない。愛の手の差し延べ、結婚の申し込みではなかろうか。カンとカンで動く水の上の作法として、このようなことも有り得るように思う。

眼《め》が眩《くら》んで来て星のようなものが左右へ散る。心臓は破《やぶ》れそうだ。泣いて取り縋《すが》って哀《あい》訴《そ》したい気持ちが一ぱいだ。だが、青年の艇《てい》はおうような微笑《びしょう》そのものの静けさで、ぴたりぴたりついて来て離《はな》れない。

せめて吾妻橋《あずまばし》まで——今くず折れるのはまだ恥ずかしく、口惜《くや》しい——だが室子はその時すでに気を失いつつあった。

姉ちゃん、姉ちゃんと蓑吉の呼ぶ声がしたかと思った。室子が気がついてみると、蓑吉はいなくて、自分を抱き起こしているのは後の艇《てい》にいた青年であった。

（一九三九年一月）

【語註】

老妓抄

＊1**市楽**　一楽織り。縦糸・横糸とも染色した糸で綾《あや》織りにした絹織物。

＊2**新喜楽**　東京・築地にある老舗料亭。一八七五（明治八）年創業で、一九三五年に創設された芥川賞・直木賞の選考会会場としても有名。

＊3**梅蘭芳**　中国京劇の女形俳優。世界的名優で日本のほか欧米各地での海外公演を通じ、京劇の改革に尽力した。（一八九四〜一九六一）

＊4**ギザー**　台所や風呂で使う自動湯沸かし器。

＊5**メートル**　電気の使用量をはかる自動計量器。メーター。

＊6**支弁**　とりはからい、こなすこと。

＊7**家作**　人に貸すために作った持ち家。貸家。

＊8**日傭取り**　一日にかぎり働いて賃金を得ること。日雇い労働者。

＊9**ブルーズ**　胴まわりのゆったりした上っ張り。画家などが作業着で着る。

＊10**スペキュレーション**　投機、おもわく。また、思索、考察。

＊11**円タク**　一円タクシーの略。一九二四（大正十三）年から大阪で、一九二六年から東京で走った料金一円均一のタクシー。昭和初期に姿を消した後もタクシーの通称として残った。

＊12**ミスタンゲット**　フランスのシャンソン歌手・女優。一八九五年にパリでデビュー、その後「レビューの女王」と称され、八十歳近くまで現役で活躍した。（一八七三頃〜一九五六）

＊13**竹屋の渡し**　小梅三囲《みめぐり》神社（墨田区向島）の鳥居下と浅草寺待乳山《まつちやま》下（台東区浅草）を結んで隅田川を船で渡す渡し場。竹屋は船宿の名からで、正式には「待乳山の渡し」と呼ばれた。一九二八（昭和三）年言問《こととい》橋の架設により廃止。

＊14**石炭殻**　石炭を燃やしたあとに残る燃えかす。
＊15**気嵩な**　負けん気が強い、勝ち気な。
＊16**詠草**　草稿。和歌・俳句などを詠《よ》んだ下書き。

鮨

＊1**白子**　魚のオスの腹にある精巣《せいそう》。白色で、魚類によっては珍味として食用になる。
＊2**ホームスパン**　羊毛を手で太くつむいだものを手織りにした毛織物。野趣があり、地厚で丈夫。ツイードなどにも用いられる。
＊3**紹ざし**　日本独特の刺繡手芸。紹織りのすきまに色糸を刺して布地全体を埋め、模様を作る。紹刺し刺繡。
＊4**河鹿**　カジカガエル。山あいの谷川に生息するアオガエル科のカエルで、雄は体長四～五センチ、美声で鳴くため飼育される。
＊5**乾板**　写真の感光材料。ガラス板に写真乳剤を塗って乾かしたもので、のちのフィルムに代わるもの。
＊6**ゆもじ**　女性の腰巻き。着物を着るとき腰から下に下着代わりに肌に直接まとう布。
＊7**蠅帳**　ハエなどが入らないように網を張った小さな食品用戸棚。
＊8**玉突き**　ビリヤードのこと。
＊9**やしおの躑躅**　八潮《やしお》躑躅は、ツツジ科の落葉低木アカヤシオ、シロヤシオ、ムラサキヤシオなどの総称。初夏、葉をつける直前に五弁の花を開く。
＊10**竜の髭**　ユリ科の常緑多年草。二十センチほどの細長い葉が叢生し、それをヒゲに見立てて蛇《じゃ》のひげとも呼ばれる。初夏、淡紫色の小花をつける。

家霊

＊1**いさり火**　夜間、魚を誘い集めるために漁船の上でたく火。漁火《いさりび》。
＊2**片切彫**　片切りたがねで模様の線の片側を斜めに、もう片側を垂直に彫ってあらわす彫金技法。
＊3**横谷宗珉**　江戸中期の彫金師。幕府に仕えるのをやめて江戸で町彫りを創始、片切り彫りを大成させ、写実的・絵画的な彫金法を実現した。（一六七〇〜一七三三）
＊4**豪宕**　気持ちが大きく小さなことにこだわらないこと。雄大で思うさまふるまうこと。
＊5**加納夏雄**　幕末・明治の彫金家。京生まれ、のち江戸に出て活躍、片切り彫りを得意とした。（一八二八〜九八）
＊6**生酒**　まぜもののない酒。ドジョウを料理する際に生酒につけることで、泥を吐かせたり泥臭さを取り除くほか、おとなしくさせぬめりをとり、骨をやわらかくし、煮くずれしにくくなるなどの効果がある。
＊7**ささがし牛蒡**　細く薄く削ってささがきにしたゴボウ。アクの強いゴボウとドジョウを合わせることで、泥臭さをおさえうまみをひきだす。
＊8**琴柱**　琴の胴の上に、弦の一本ずつに対して一つずつ立てて弦を支える小さな二股状のもの。弦に張りをもたせ、位置によって音の高低を調節する。
＊9**ありのすさび**　在《あ》りの遊《すさ》び。生きているのに慣れすぎて、それをなんとも思わないこと。

娘

＊1**スカル**　左右両側にある櫂（オール）を、一人もしくは二人でこぐ、レース用の軽いボート。スカール。本作では「スカル」と「スカール」の表記が混在していますが、底本のままとしました。
＊2**グリスリン**　脂肪・油脂からとる、無色で甘み・粘りけのある液体。グリセリン。
＊3**長命寺のさくら餅屋**　「山本や」。初代山本屋新六が一七一二（享保二）年創業、現在まで続く隅田川名物の一つ。

＊4**リガー**　スカルの艇から張り出し、オールを支える部品。
＊5**ローロック**　オールの支点となる台座。ローはこぐこと。
＊6**大通**　大の通人《つうじん》、遊芸にくわしい粋人。
＊7**金禁止**　一九二九年十月、ニューヨーク・ウォール街での株価大暴落から始まる世界大恐慌を受け、金を本位貨幣とする制度が維持できなくなり、各国に金本位制の停止が広まっていった。
＊8**鮒の雀焼**　三センチほどの小ブナを頭ごと背開きにして串に刺し、照り焼きにしたもの。形がスズメを開いて焼いたものに似ている。
＊9**隅田川十大橋**　一九二三年の関東大震災後、復興架橋として作られた九つの橋（相生橋《あいおい》、永代橋、清洲橋、両国橋、蔵前橋、厩橋《うまや》、駒形橋《こまがた》、吾妻橋、言問橋）に新大橋を足した十橋が、東京の新名所となっていった。
＊10**フェーザー**　オールの水を押す部分を水平にすること。

略年譜

一八八九（明治22）三月一日、東京市赤坂区青山南町の大和屋別邸に、父大貫寅吉、母アイの長女として生まれる。本名カノ。

一八九三（明治26）**四歳** 体が弱く、多摩川畔二子の本邸に移り、旧薩摩藩祐筆出身の女性に育てられる。

一八九六（明治29）**七歳** 四月、高津尋常小学校に入学。翌年、角膜炎のため休学。一八九八年復学。

一八九九（明治32）**十歳** 溝の口高等小学校に入学（一九〇一年三月卒業）。

一九〇二（明治35）**十三歳** 十二月、選抜試験を受け、跡見女学校入学。国文担当教師に短歌を学ぶ。

一九〇五（明治38）**十六歳** 兄雪之助（大貫晶川）の影響で、〈文章世界〉〈女子文壇〉などに短歌、詩を投稿。

一九〇六（明治39）**十七歳** 兄晶川とともに新詩社の与謝野鉄幹主宰の〈明星〉に参加し、短歌を発表。

一九〇七（明治40）**十八歳** 三月、跡見女学校を卒業。八月、平塚雷鳥（らいてう）を知る。

一九〇九（明治42）**二十歳** 十月、北原白秋創刊の〈スバル〉に新詩社同人として短歌を発表。兄晶川の下宿の隣室を訪ねてきた岡本一平に会う。

一九一〇（明治43）**二十一歳** 半年にわたる一平の求婚を受け入れ、秋に結婚。京橋の岡本家に同居。

一九一一（明治44）**二十二歳** 二月十六日、長男太郎出産。赤坂区青山北町に移る。経済的に窮乏。九月、平塚らいてうに誘われ「青踏社」に参加。

一九一二（明治45・大正元年）**二十三歳** 八月、一平朝日新聞社入社し、放蕩始まる。秋、大学生堀切茂雄と恋愛。十一月、兄晶川が急逝（享年二十四歳）。十二月、第一歌集『かろきねたみ』を刊行。

一九一三（大正2）**二十四歳** 一月、母アイ死去。妹キンと堀切茂雄の交流を知る。八月、長女豊子出産（翌年四月夭折）。極度の神経衰弱で入院、療養生活。

一九一五（大正4）　**二十六歳**
一月、二男健二郎出産（七月に急逝）。

一九一六（大正5）　**二十七歳**
十月、堀切茂雄が結核で死去。石井直三郎主宰〈水甕〉の同人となる。

一九一八（大正7）　**二十九歳**
二月、第二歌集『愛のなやみ』刊行。

一九一九（大正8）　**三十歳**
芝区白金に移転。仏教研究を深める。
十二月、第一小説「かやの生立」を発表。

一九二五（大正14）　**三十六歳**
五月、第三歌集『浴身』刊行。

一九二七（昭和2）　**三十八歳**
六月、北原白秋主宰〈日光〉同人となる。
七月、芥川の自殺に衝撃を受ける。

一九三〇（昭和5）　**四十一歳**
一平の海外派遣に同行し、前年末から太郎らと渡欧。ロンドン、パリ等に居住。この間、九月、ロンドンで初めての脳溢血発作。

一九三二（昭和7）　**四十三歳**
三月、太郎をパリに残し、米国経由で帰国。青山高樹町に住む。

一九三三（昭和8）　**四十四歳**
十二月、父寅吉死去。通夜の晩、二回目の脳溢血発作。

一九三五（昭和10）　**四十六歳**
七月「鯉魚」、八月「上田秋成の晩年」を発表。

一九三六（昭和11）　**四十七歳**
六月「鶴は病みき」発表（文壇デビュー作）。
十月、第一創作集『鶴は病みき』刊行。

一九三七（昭和12）　**四十八歳**
九月、第二創作集『真夏の夜の夢』刊行。
十月「金魚撩乱」を発表。十二月、第三創作集『母子叙情』刊行。

一九三八（昭和13）　**四十九歳**
五月、第四創作集『やがて五月に』刊行。
十一月「老妓抄」発表、芥川賞候補に。
十二月、三回目の脳溢血で倒れる。

一九三九（昭和14）
一月「娘」、「鮨」、「家霊」を発表。二月十七日、容態急変し、入院。翌十八日死去。享年四十九歳。

命の輝き

東 直子

昭和の中期に、万博の「太陽の塔」を作った人として、また、テレビで「芸術は爆発だ」と特異な表情で叫ぶ人として有名になった芸術家、あの岡本太郎の母親が、小説家であったということを伝え聞いた。それが、岡本かの子という人物を私が認識した最初である。太郎を柱にくくりつけて小説を書いたらしい、だから太郎は、あんなふうにぶっ飛んだ人になったんだね、というようなことが口伝えで伝わってきた。太郎本人が、そうエッセイに書いたためらしい。柱に子供をしばりつけて書いた小説ってどんなんだろう、あの岡本太郎（言動も作品もとても好きでした）の母親ってどんな人だろうか、と子供だった私はなんとなく興味を持ったものの、探し出してそれを読む、ということには到らなかった。

高校生くらいの時、国語の演習問題の題材として、本書に収められている「鮨《すし》」の一部が抜粋されていた。極端な偏食の幼い息子のために、母親が真新しい道具を用意し、目の前で鮨を握ってあげる場面である。最初の方の「母親は、腕捲《うでまく》りして、薔薇《ばら》いろの掌《てのひら》を差し出して手品師のように、手の裏表を返して子供に見せた」という描写あたりからぐっと引きつけられた。前後はあらすじでしか分からないのに、母親の「薔薇いろの掌」の、「手品師のよう」な所作に、それを目の前で見ている子供にすっかり同化してわくわくした。ほんの短い抜粋だったが、読み終わるころには、できたての美味しい鮨をお腹いっぱいごちそうになったような、えもいわれぬ満足感に充たされたのだった。

　胃の中に溜《た》まった幻の鮨を消化しながら、子供への愛情がたっぷり感じられるその場面に、これが子供を柱にくくりつけていた人の書いた小説であろうか、とけげんに思った。今改めてじっくり読み返してみても、愛情とユーモアが交錯し、食べることを楽しむことそのものが、生きる喜びに直結していくような輝かしい文に、胸を打たれる。例えば白身の魚の鮨を子供が食べる一文。「白く透き通る切片は、咀嚼《そしやく》のために、上品なうま味《み》に衝《つ》きくずされ、ほどよい滋味《じみ》の圧感に混って、子供の細い咽喉《のど》へ通って行った」。一貫の鮨を噛み下すまでの瞬間が、美しいスローモーションのごとく、身体的感覚とともに感じられる。丁寧な描写だが、無駄や冗長さが全くない、ひきしまった文体でもある。かの子はしんそこ文章の巧《うま》い人だと思う。

　岡本かの子といえば、最初の活動であった短歌作品の方をよく知っている人が多いかもしれない。

桜ばないのち一ぱいに咲くからに生命《いのち》をかけてわが眺めたり　（『浴身』）

桜の咲く時期になると、有名なこの歌を私も必ず思い出す。桜は命がけで咲き、自分も命がけで眺めるという。一般的な「花見」の呑気《のんき》さとは違う、逼迫《ひっぱく》した迫力がある。この歌を含む「桜百首」という桜を題材にした一連は、雑誌の取材にこたえたもので、一週間くらいの間で集中して詠《よ》んだと言われている。

その他にも、

かの子よ汝《な》が枇杷の実のごと明るき瞳このごろやせて何かなげける　（『愛のなやみ』）

かの子かの子はや泣きやめて淋しげに添ひ臥す雛に子守歌せよ　（同）

といった、自分の名前そのものを折りこんで自分自身に呼びかけた歌や、裸にてわれは持ちたり紅《くれない》の林檎《りんご》もちたり朝風呂のなかに　（『浴身』）

しみじみと女なる身のなつかしさかなしさ覚ゆ乳房いだけば　（『愛のなやみ』）

といった、自身の肉体を詠んだ歌には、率直な自己愛と、その先にある生命賛美が感じ取れ、世界の中心を自分に据えて言葉を放出する快感がある。

こうした強烈なナルシシズムと、岡本一平《いっぺい》という夫がいながら自分の愛人を家に住まわせたという奇妙な家庭生活、化粧の濃い派手なプロフィール写真から、世の中の岡本かの子像は、奔放で自分勝手な奇異な女というイメージがつきまとってしまっているのではないだろうか。実際の人となりや言動は推測するしかないが、かの子の作品を丁寧に読みと、そのイメージによって、ずいぶん見落とされている部分があるように思えてならない。

絢爛《けんらん》な桜や自己愛を強調した迫力ある歌もよいが、なんでもない瞬間を詠んださりげない内容の歌に、かの子の本来の資質が現れているのではないかと思っている。

はてしなきおもひよりほつと起きあがり栗まんじゆうをひとつ喰《た》べぬ　（『浴身』）

この歌では、お嬢さん育ちだったかの子の、おっとりとした内面がそこはかとなく漂うユーモアを伴って素朴に表出されていると思う。何より、これ以上ないほど栗まんじゅうがおいしそうである。

さびしくてわがかひ撫づるけだもののの犬のあたまはほのあたたかし（『わが最終歌集』）

すうい、い、い、ぴいの花のちいさきふくらみや束《たば》ねて重き量感《りようかん》となる（『歌日記』）

この二首からは、犬やスイートピーの花といった、身の回りの健気《けなげ》な命に対する、細やかな観察眼と慈《いつく》しみが感じられる。かの子が外側に纏《まと》っている奔放大胆なイメージとは違う、やさしい感性が、これらの歌には息づいている。生来の繊細さと、少女時代から短歌をはじめとする文学に親しんできた素養によって、生命の美しさや可憐《かれん》さに着目し、その輝きを表現したかの子の世界が結実できたのだろう。その才能は、『わが最終歌集』を刊行し、いったん短歌創作の終結を表明したのちの最晩年の小説執筆によって、さらに磨《みが》かれていくことになる。

この本に収められた四つの短編は、いずれも本当にすばらしい。巧緻《こうち》な比喩《ひゆ》の説得力、人物描写の独自性と愛嬌《あいきょう》、繊細にして意外性のある人間関係から滲みだす切ない情感、そしてその隙間《すきま》からふいに光が射すように、今生きている命の喜びが力強く奏でられる。人に内在する妖《あや》しさを絶妙に浮き彫りにしながら、退廃に向かうのではなく、どんなに奇妙な人物も冷静に受け入れ、その命を愛《め》でる。どの人間も、とてもかわいい。かの子は、自分だけを愛しているような印象を世間に抱《いだ》かせながら、実は生きとし生けるものすべてに愛情を注いでいた人だったのだ、と小説を読めば読むほど思う。それは、夫の放蕩《ほうとう》に泣き、裕福だった実家は没落し、生まれたばかりの子供を亡くすといった人生の不幸や、それゆえの仏教への傾倒などと無関係ではないのだろう。

かの子は、四九歳の若さで突然の病によって急逝した。そのような運命にあった女性が、それまでの人生で知りえた美しいものを、持てる力のすべてをこめて最後に解き放ったのが、かの子にとっての小説なのだと思う。

「娘」の中で、主人公室子《むろこ》が、スカール（レース用の軽いボート）を漕《こ》ぐために、漕艇《そうてい》用のスポーツ・シャツに着替えるシーンが象徴的である。

「逞《たくま》しい四肢が、直接に外気に触れると、彼女の世界が変わった。それは新しい世界のようでもあり、懐かしい故郷のようでもあった。肉体と自然の間には、人間の何物も介在しなかった」

「老妓抄」では、止《や》めることを決意したはずの歌を、小説の最後に置いた。

年々にわが悲しみは深くしていよよ華やぐいのちなりけり

老いてなお、ますます華やぐ命。広く人口に膾炙《かいしゃ》することになったこの歌は、その後の時代を生きる女性たちが、年齢を重ねても自分らしく生きようとする心を底支えしたことだろう。

かの子が一貫して描き続けた命の輝きは、どんなに時代が変っても、ゆるぎのないその世界の中で決して色褪《いろあ》せない。現実の色を変えてくれるほどに。文学が、生きる力になることもあるのだ、ということをかの子の小説は、明るく強く思い出させてくれる。

（ひがし・なおこ／歌人・作家）

＊本文庫は『岡本かの子全集』第四巻（冬樹社、一九七四年）を底本としました。文庫版の読みやすさを考慮し、幅広い読者を対象として、詩歌を除いて新漢字・新かな遣いとし、難しい副詞、接続詞等はひらがなに、一般的な送りがなにあらため、他版も参照しつつルビを振りました。読者にとって難解と思われる語句には巻末に編集部による語註をつけ、略年譜を付しました。各作品の末尾に発表年月を（　）で示しました。また、作品中には今日の人権意識からみて不適切と思われる表現が含まれていますが、作品が書かれた時代背景、および著者（故人）が差別助長の意味で使用していないこと、また、文学上の業績をそのまま伝えることが重要との観点から、全て底本の表記のままとしました。

Haruki Bunko
ハルキ文庫

お 12-1

家霊《かれい》

著者 岡本《おかもと》かの子《こ》

2011年 4 月15日第一刷発行
2021年10月 8 日第二刷発行

発行者 角川春樹

発行所 株式会社角川春樹事務所
〒102-0074 東京都千代田区九段南2-1-30 イタリア文化会館

電話 03（3263）5247（編集）
03（3263）5881（営業）

印刷・製本 中央精版印刷株式会社

フォーマット・デザイン 芦澤泰偉
表紙イラストレーション 門坂 流

ISBN978-4-7584-3543-7 C0193 ©2011 Printed in Japan
http://www.kadokawaharuki.co.jp/［営業］
fanmail@kadokawaharuki.co.jp［編集］ ご意見・ご感想をお寄せください。

萩原朔太郎詩集

「我は何物も喪失せず／また一切を失い尽せり」。孤独を求めて都市の群集の中をうろつき、妻と別れて呆然たる思いで郷里の川辺に立ち尽くす。生活者としては孤独な生涯を送ったが、人間の感情や想念のすみずみにまで届く口語や、絶望や望郷を鮮やかに歌い上げた文語により、日本語の詩を最も深く広く探った詩人。多くの人に親しまれ、詩の歴史に最大の影響を与えた詩人の全貌を提示して、官能と哀感、憤怒と孤独の調べが、時代を超えて立ち上がる。

草野心平詩集

〈どうしてだろう。／うれしいんだのに。／どうして。なんか。かなしいんだろ。／へんだな。／そういえばあたしもかなしい。／うれしいからなんだよ。／そうかしら。／そうだよ。きっと。〉（「おたまじゃくしたち四五匹」より）。個という存在の確かさや愛おしさを、おおらかな息づかいでうたいつづけた草野心平。本書では、蛙の詩人としても知られる著者の代表作「ごびらっふの独白」をはじめ、〝易しくて、優しい〟言葉で綴られた一〇六篇を精選。文庫オリジナル版。　（巻末エッセイ・重松清）

高村光太郎詩集

「僕の前に道はない／僕の後ろに道は出来る／ああ、自然よ／父よ」処女詩集『道程』の刊行から、人々の哀切を呼び起こさずにはいられない愛の詩『智恵子抄』を経て、一躍、国民詩人の地位に着いた高村光太郎。彼の抒情ある詩は、最後は自然へと帰着する。高村光太郎の詩の遍歴を追って、その光芒を放つ詩的世界を俯瞰する一冊。

（解説・瀬尾育生、エッセイ・道浦母都子）

放浪記

尾道から上京した若き日の林芙美子は、住まいと男を転々としながら、どうしても貧困から抜け出せずにいた。何とかして金がほしい、お腹がすいた、何か面白い仕事が転がってやしないかな。いい詩が書きたい、棄てた男が恋しい。母も恋しい、いっそ身売りしてしまおうか……。明るく、凛とした強さで、逆境とまっすぐに向き合って生きた芙美子が、自身の思いの丈を軽妙に綴った、等身大の日記。

（エッセイ／江國香織）